Peter Caprano

Nalavalmid

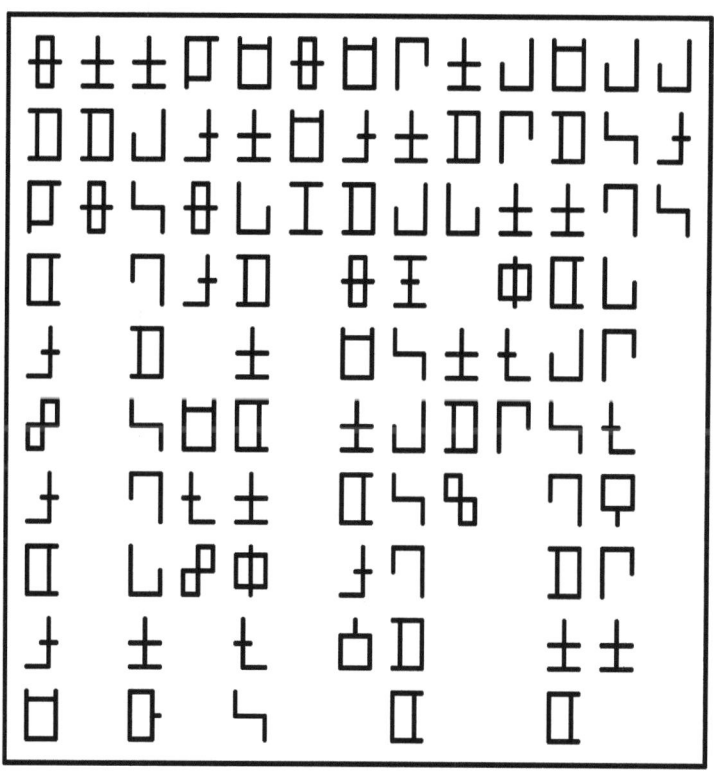

Erzählung

Copyright 2016 Peter Caprano, Darmstadt

Herstellung und Verlag:
BoD - Books on Demand, Norderstedt

ISBN 9783743163201

**Ohne Phantasie
wäre das Leben nur Alltag**

Robert Leichtlein war bester Laune. Ganz früh war er gestartet, mit dem Sonnenaufgang hatte er den Aufstieg begonnen. Noch war die Sonne selbst nicht zu sehen, nur ihr Glanz beleuchtete die Berggipfel von hinten. Fast wie in einem alten Kasperletheater sah es aus, wo man die Kulissen einfach als Bild hinten rein stellt. Das würde sich gleich ändern, wenn die Sonne dann endlich selbst auf der Bühne erscheinen würde, um ihre Tagesherrschaft anzutreten. Und er würde als treuer Untertan seinen Pilgermarsch den ganzen Tag fortsetzen, vielleicht unterbrochen von der einen oder anderen Brotzeitpause. Er liebte diese einsamen Bergwanderungen, für ihn das optimale Mittel zur Regeneration. War sein Alltag als Programmierer doch geprägt von Hektik und Stress. Hier hingegen war Ruhe die Normalität. Der einzige Termin, den er heute einhalten musste, war das Erreichen der Berghütte vor Einbruch der Dunkelheit und die Strecke hatte er so geplant, dass er reichlich Zeit hatte. Das Leben war heute definitiv schön.

Normalerweise war ja das Rhein-Main-Gebiet seine Heimat. In Darmstadt hatte er seinen Stützpunkt eingerichtet, weil er von dort aus seine Kunden gut erreichen konnte. Seit einigen Jahren arbeitete er als freischaffender Programmierer, als Freelancer und die Gegend dort hatte ihm immer mehr Aufträge beschert, als er annehmen konnte. Das erlaubte ihm sich seine Arbeit so einzuteilen, wie er es liebte. Hektische, intensive Arbeitsphasen, in denen er zehn, zwölf oder mehr Stunden pro Tag arbeitete und sogar die Wochenenden mit einbezog. Danach dann lange Ruhephasen, wie jetzt gerade, in denen er nur das machte, zu was er Lust hatte. Einer seiner Kunden hatte ihm diese Wohnung in Darmstadt vermittelt. Zwei Zimmer, Küche, Bad und Balkon mit Blick auf einen begrünten Hinterhof in einem schön renovierten Altbau. Das war ein riesiger Glücksfall gewesen, denn Wohnungen im sogenannten „Watzeviertel"

waren begehrt. Hier wohnten viele Studenten wegen der nahen Uni und Alternative jeder Prägung, was eine lebendige Viertelkultur zur Folge hatte. Jede Menge gemütlicher Kneipen, Biergärten und echte Life-Musik sowie Mini-Theater. Und seit er bei einem Spaziergang auf dem „Alten Friedhof" Gräber der Familie Leichtlein entdeckt hatte, fühlte er sich sogar ein wenig heimisch. Zwar konnte er sich an keine Verwandten in dieser Gegend erinnern, aber allein die Namensgleichheit bescherte ihm ein gutes Gefühl, nahm ihm die Empfindung der Fremde. Er hatte bisher nur wenige Bekanntschaften geknüpft. Nicht, weil er nicht wollte, sein unsteter Lebensrhythmus stand da im Wege. Auch für romantische Momente war bisher wenig Platz gewesen und das empfand er schon als Mangel. Doch bisher hatte er in Darmstadt noch kein Mädchen gefunden, das es mit einem verrückten Informatiker länger ausgehalten hatte.
Also war er im Moment wieder einmal mutterseelenallein am Wandern durch die Berge und wollte dabei seinen Kopf intensiv auslüften. Die Herausforderungen hierbei waren rein körperlich, ganz im Gegensatz zu seinem Berufsalltag und das tat ja so gut. Vor zwei Tagen war er gestartet. Er hatte sich zuhause aus Wanderführern eine Folge von Touren zusammengestellt. Nicht zu schwer, aber auch nicht zu leicht, gerade richtig, wie er hoffte. Jeden Abend als Zielpunkt ein Gasthof oder eine Hütte und, wenn alles wie geplant verlief, würde er in zwölf Tagen wieder in den Zug steigen und nach hause fahren.

Jetzt allerdings wurde seine volle Aufmerksamkeit benötigt, denn ein Steilstück lag vor ihm und er musste auf jeden Tritt achten. Prüfend warf er einen Blick voraus, um zu sehen, ob er auch die richtige Route wählte, dem günstigsten Pfad folgte. Gerade wollte er voran gehen, als etwas seine Aufmerksamkeit erregte. Ein ganzes Stück weiter oben winkte eine Hand über der Kante eines Felsens. Er schüttelte den Kopf, das konnte nicht sein. Wer mochte zu dieser frühen Zeit hier unterwegs sein und weshalb sollte er ihm zuwinken. Sicher hatte er nicht richtig hingeschaut und es war etwas anderes gewesen, ein Vogel zum Beispiel. Genau, so musste es gewesen sein, ein Vogel und er hatte das für eine winkende Hand gehalten. Zufrieden ging er weiter, ertappte sich aber immer wieder, wie er den Felsen im Auge behielt. Und er war keine zehn Meter weit gekommen, da war die Hand wieder da. Und dieses Mal gab es keinen Zweifel, das war eine Hand und sie winkte. Robert war sofort alarmiert, denn wenn jemand so abseits vom Weg winkte, dann konnte es sich nur um einen Notfall handeln. Auf der Stelle änderte er Richtung und Tempo, hastete zu der Stelle, wo die Hand jetzt nicht mehr zu sehen war. Nach ungefähr einer Viertelstunde hatte er eine Strecke zurückgelegt, für die sonst mindestens eine halbe Stunde benötigt hätte. Total außer Atem kam er an dem Felsen an, umrundete ihn und tatsächlich, da lag ein Mensch. Ein Mann um genau zu sein, ein sehr alter Mann, der älteste Mann, den Robert je persönlich gesehen hatte.

Der Greis lag mit dem Rücken an den Felsen gelehnt, hatte die Augen geschlossen und atmete schwer. Sofort entledigte Robert sich seines Rücksacks, kniete sich neben den Greis, fasste vorsichtig seinen Kopf und drehte das Gesicht zu sich hinüber. Was für ein Gesicht! Schmal, von tausend Falten zerfurcht und mit einem unwirklich olivfarbenen Teint. Darüber seidendünne graue Strähnen, die die Kopfhaut nur notdürftig bedeckten und die Ohren frei ließen. Und was für Ohren! Groß, abstehend und oben liefen sie spitz zu, wie auf Fantasiebildern von Elfen. Wen hatte er da nur gefunden?
In diesem Augenblick öffnete der Greis seine Augen, leuchtend rote Augen.

„Ich habe versagt, ich werde Nalavalmid nicht finden, werde nicht zurückkehren.", flüsterte er.
„Es darf alles nicht umsonst gewesen sein. Bitte suchen Sie weiter, Sie müssen Nalavalmid finden."
Ganz drängend und beschwörend waren die gestammelten Worte des Alten.
„Alle Unterlagen finden Sie in der Tasche. Ich war ganz nahe dran, die ganze Zeit ganz nahe dran. Aber ich habe versagt."
Er machte eine Pause, um Luft zu holen. Aber nicht lange, denn es wollte aus ihm heraus, musste aus ihm heraus.
„In der Tasche, alle Unterlagen, Sie werden Nalavalmid finden, müssen Nalavalmid finden. Sonst war alles umsonst."
Sein Kopf fiel wieder zurück und die Augen schlossen sich.
Ganz still lag er plötzlich. Robert hatte das sichere Gefühl, dass der Alte tot war.
Gerade wollte er sich wieder aufrichten, da öffnete der Greis noch einmal die Augen und schaute ihn lächelnd an.
„Es hat sich gelohnt, ich habe den Himmel gesehen."
Diesmal blieben die Augen offen, aber es war kein Blick mehr in ihnen.
Wer immer dieser Mann gewesen war und was er gewollt hatte, jetzt war er tot. Und was immer Nalavalmid war, er hatte es nicht gefunden.
Sicherheitshalber fühlte er den Puls, so gut er das konnte, doch da war keiner mehr. Dann hielt er seine Wange ganz nahe an Mund und Nase, doch es war kein Atem zu spüren. Auch die offenen Augen bewegten sich nicht, es gab keinen Zweifel, der Mann war tot. Ganz vorsichtig schloss er ihm die Augen und überlegte, was jetzt zu tun war. Der Alte war sicherlich nicht schwer, aber den ganzen Weg zurück ins Dorf konnte er ihn nicht tragen. Er würde also alleine gehen und Hilfe holen. Er richtete sich auf, nahm seinen Rucksack und wollte bereits losgehen, als er plötzlich das Gefühl hatte, gerade einen großen

Fehler zu machen. Robert dachte nach und dann kam ihm die Erleuchtung. Die Tasche, er durfte die Tasche nicht hier zurücklassen. Wenn dem Greis die Unterlagen so wichtig waren, dann sollte er das respektieren und sie in Sicherheit bringen. Doch wo war die Tasche?
Er schaute sich suchend um, doch eine Tasche war nicht zu entdecken. Er umrundete den Felsen, nur um mit leeren Händen zurückzukehren. Hatte der Alte phantasiert? Gab es die Tasche gar nicht? Nein!! Da war er sich sicher, der hatte noch gewusst, von was er sprach. Also suchte er weiter und wurde fündig. Ein grauer Gurt kam hinter dem Rücken des Toten hervor, grau wie der Fels und deshalb kaum zu sehen. Nachdem er ihn leicht nach vorne gebeugt hatte, konnte er die Tasche, die an dem Gurt hing herausziehen. Tasche war eigentlich der falsche Ausdruck. Es war eine Art Tornister aus Filz mit Lederverstärkungen. Das Teil musste uralt sein, noch älter als der Tote. So etwas wurde schon ewig nicht mehr hergestellt. Und der Tornister fühlte sich voll an, die Unterlagen, sicherlich waren sie wahrhaftig darin. Also hängte er sich den Tornister zu seinem Rucksack über die Schulter und machte sich auf den Weg ins Dorf. Dort angekommen alarmierte er den Gastwirt, bei dem er sein Zimmer hatte und der wiederum alarmierte die Bergwacht.
„Sie sollten mitkommen, uns die Stelle zeigen, damit wir nicht suchen müssen. Sofern ihnen das nichts ausmacht.", sagte der Wirt.
„Kein Problem, natürlich stehe ich zur Verfügung", antwortete Robert.
„Ich lege nur schnell meinen Rucksack ins Zimmer und dann kann es losgehen."
Schnell lief er die Treppe hinauf, schloss sein Zimmer auf und legte den Rucksack auf den Stuhl. Er zögerte einen Moment, dann legte er auch noch den Tornister dazu. Schließlich hatte

der Alte ihm die Unterlagen aufgedrängt, ihn beschworen sein Vermächtnis weiter zu führen.
Die Bergung des Toten erwies sich zum Glück als relativ einfach. Robert hatte sich noch die kleine Kapelle als Wegmarke eingeprägt und von dort aus fand er den Felsen wieder. Damit war sein Teil der Aufgabe erledigt und er konnte zurück ins Gasthaus gehen, sollte sich allerdings dort für die Gendarmerie zur Verfügung halten. Über den ganzen Vorgang musste natürlich noch ein polizeiliches Protokoll angefertigt werden. Und so verbrachte Robert den Rest des Tages auf seinem Zimmer und ging höchstens mal in die Gaststube oder ein paar Schritte ums Haus. Den Tornister des Alten hatte er nach seiner Rückkehr sofort im Schrank versteckt. Natürlich war er sehr neugierig, traute sich aber nicht die Sachen anzuschauen, weil ja die Gendarmerie jederzeit kommen konnte. Denen wollte er die Hinterlassenschaft des Greises nicht übergeben, die würden das nur mit zu den Akten legen und nicht wirklich untersuchen. Der Alte war zu eindringlich gewesen, hatte sich selbst im Sterben noch verzweifelt bemüht, sein Vermächtnis weiterzugeben. Das sollte nicht einfach in der Versenkung verschwinden, da war sich Robert schon absolut sicher. Und sobald seine Sitzung mit der Polizei vorüber war, würde er den Tornister öffnen und sich den Inhalt anschauen.
Am späten Nachmittag kam dann auch ein Polizist vorbei, dem aber deutlich anzumerken war, dass er sich nur pro Forma mit Robert unterhielt und ein Protokoll anfertigte. Seine Meinung zu dem Vorfall stand längst fest, denn der Alte war Teil einer illegal eingeschleusten Gruppe, unterwegs hatte er schlapp gemacht, die anderen hatten ihn im Stich gelassen und dann hatte Robert ihn gefunden. Er hatte ja auch keine Papiere bei sich gehabt, sah sowieso ganz fremdartig aus, wahrscheinlich irgendwo aus dem hinteren Balkan und sobald Robert das

Protokoll unterschrieben hatte, war für ihn der Fall erledigt. Und so bestätigte ihm Robert auch, dass er den alten Mann noch nie zuvor gesehen hatte, dass ihm keine anderen Leute aufgefallen waren, dass der Greis bereits tot war, als er zufällig auf ihn gestoßen war und das der Mann auch sonst keinerlei Habseligkeiten bei sich gehabt hatte und schon war der Gendarm wieder gegangen.

Um nicht aufzufallen ging Robert erst noch zum Abendessen, zog sich dann aber ziemlich schnell auf sein Zimmer zurück mit der Bemerkung, dass ihn der ganze Vorfall doch etwas mitgenommen habe und er jetzt Ruhe brauche.

Jetzt endlich konnte er sich den Hinterlassenschaften des merkwürdigen Toten widmen. Schnell verriegelte er die Tür, um keine unliebsamen Überraschungen zu erleben, holte dann den Tornister aus dem Schrank und legte ihn behutsam auf den Tisch. Aufmerksam betrachtete er ihn erst einmal von außen. Sein erster Eindruck war richtig gewesen, das Teil war alt, so richtig alt. So was kannte er bisher nur von alten Stichen, wenn Soldaten dargestellt wurden, Soldaten aus dem achtzehnten Jahrhundert. Wie war der Alte an diesen Tornister gekommen? Mochte er auch noch so alt gewesen sein, der Tornister war mindestens hundert Jahre älter. Vorsichtig löste er die Verschlüsse und klappte den Tornister behutsam auf. Direkt obenauf als erste Überraschung ein verpacktes Vesperbrot, mehrere Vesperbrote, um genau zu sein. Der alte Mann hatte sich also auf eine längere Zeit unterwegs eingestellt. Das mit der Suche und der Wichtigkeit war wohl durchaus sehr real gewesen. Noch neugieriger geworden, packte er die Brote zur Seite und inspizierte den Rest. Direkt innen an der Schmalseite war ein Schlüsselbund festgebunden. So ein typischer Wohnungsschlüsselbund. Ein kleiner Schlüssel, wahrscheinlich für den Briefkasten, zwei Sicherheitsschlüssel, vermutlich für Haustür und Wohnungstür und ein altmodischer Bartschlüssel, bei dem Robert auf die Kellertür tippte. Als nächstes fiel ihm ein Reisepass in die Hände. Das Bild darin war eindeutig der Alte, nur viele Jahre jünger, der Pass war auch bereits seit über dreißig Jahren abgelaufen. Ausgestellt war er auf einen Karl Lendian und dieser Mann war, Robert rechnete kurz, heute einhundert und vier Jahre alt gewesen. In diesem Alter noch alleine in den Bergen unterwegs, alle Achtung. Seine Suche nach diesem geheimnisvollen Nalavalmid musste ihm schon sehr wichtig gewesen sein. Das nächste, was er fand war ein Personalausweis, auch ausgestellt auf Karl Lendian, wohnhaft in Frankfurt am Main. Das Bild war wesentlich aktueller, abgelaufen war er allerdings auch bereits seit zwölf Jahren. Was aber das Spannendste war, Robert rechnete wieder, dieser Mann war erst vierundachtzig Jahre alt. Das war ja echt absonderlich. Das nächste, was er fand, war ein gültiger Personalausweis, ausgestellt auch auf Karl Lendian, wohnhaft in Frankfurt am Main. Allerdings war dieser Karl Lendian erst vierundsechzig Jahre alt. Mit diesem Herrn stimmte etwas nicht, Robert überlegte, für solch abweichende Angaben gab es nur eine Erklärung, die Dokumente waren gefälscht. Wer aber war dieser Karl Lendian dann? Besser gefragt, war das überhaupt sein wirklicher Name? Ein alter Mann mit falschen Pässen, mit stark exotischem Aussehen, der nach einen mysteriösen Ding namens Nalavalmid suchte, Robert hatte plötzlich das Gefühl mitten in einem Spionagethriller gelandet zu sein. Das Einzige, was dagegen sprach, war das hohe Alter des Mannes. So alt waren Agenten nicht. Doch was war er dann? Vielleicht brachten ja die anderen Dokumente im Tornister Aufklärung. Jetzt fand er eine Schachtel mit höchst ungewöhnlichem Inhalt. Eingewickelt in ein Samt-Tuch, befand sich ein Metallstift. Besser gesagt mehrere Stifte, die über Plättchen miteinander verbunden waren. Das sah zwar fragil aus, war aber erstaunlich stabil, denn bei vorsichtigem

Versuchen, ließen sich die Teile nicht gegeneinander verschieben oder verdrehen. So sehr er auch nachdachte, es fiel ihm kein Verwendungszweck für das Teil ein, es sah einfach nur wie eine sinnlose Anordnung aus. Eventuell war es ja ein ritueller Gegenstand oder Teil eines größeren Gerätes. Das nächste war ein kleines Papierpäckchen. Als er es auspackte, purzelte ihm eine Metallscheibe mit einem Loch in der Mitte in die Hand. Sie war grob aus mehreren Stücken unterschiedlichster Materialien zusammengeschweißt und, wenn sie etwas hübscher gewesen wäre, hätte man sie für ein Schmuckstück oder Amulett halten können. Aber so, ein weiteres Mysterium. Das Teil musste wichtig sein, sonst hätte es der Alte nicht so sorgfältig verpackt mit sich herumgeschleppt. Jetzt waren nur noch zwei größere Packen im Tornister. Beide sorgfältig in Kunststofffolie eingepackt und beide ziemlich schwer. Das konnten jetzt nur diese Unterlagen sein, von denen der Alte gesprochen hatte. Vorsichtig öffnete er den ersten Packen. Darin war eine Art Mappe aus dickem Papier, die links gebunden und an den anderen drei Seiten verschnürt war. Auf den Deckel war ein vergilbter Zettel geklebt, der in altmodischer Schrift, offensichtlich mit einer Feder geschrieben, die Aufschrift „Tagebuch von Adam Hobeleisen" enthielt. Zu mindestens glaubte er das lesen zu können. Ein Tagebuch? Und wer war dieser Adam Hobeleisen? Was hatte der mit Karl Lendian zu tun? Das Tagebuch schien auch sehr alt zu sein, älter als der alte Mann. Wie war es in seinen Besitz gekommen und was hatte es mit diesem Nalavalmid zu tun? Eventuell gab ja der Inhalt Aufschluss. Schnell löste Robert die Verschnürungen und klappte die Mappe auf. Darin lag ein dicker Stapel loser Seiten, alle mit dieser altmodischen Schrift beschrieben und datiert. 18.8.1814 stand oben auf der ersten Seite. Die war fast zweihundert Jahre alt. Was hatte so ein altes Dokument mit

dem Greis zu tun? Selbst, wenn er über hundert Jahre alt war, dann war das immer noch weit vor seiner Zeit. Nun schaute er sich die Schrift genauer an. Das konnte eigentlich nur Sütterlin sein, denn davon hatte er gehört, so hatte man früher geschrieben. Auf jeden Fall konnte er die Seiten nur fragmentarisch bis überhaupt nicht lesen. Da würde er sich erst kundig machen müssen. Also blieb noch der letzte Packen. Auch er enthielt eine verschnürte Mappe, allerdings ohne jede Beschriftung. Nach dem Öffnen fand er auch darin einen Stapel Seiten.
War das Tagebuch schon exotisch gewesen ob seiner alten Schrift, so toppten diese Seiten alles. Auf jeder Seite ein sorgfältig gemalter Rahmen mit abstrakten Verzierungen und in dem Rahmen Schriftzeichen, Schriftzeichen, die er so noch nie gesehen hatte. Sie erinnerten irgendwie an Hieroglyphen oder nein, eher an Keilschrift. Sehr gerade, die Linien alle rechtwinkelig und gestochen scharf aufs Papier gebracht. Papier? Bei genauerem Hinsehen, kamen ihm da Zweifel. Das fühlte sich eher wie Folie an. Am Ende des Stapels befanden sich noch leere Seiten, um genau zu sein Seiten, die zwar schon den Rahmen enthielten, ansonsten aber leer waren. Das waren Reserveseiten, wie bei einem Tagebuch. Hatte er es hier mit einem weiteren Tagebuch zu tun? Ein Tagebuch, geschrieben in einer Schrift, die er noch nie gesehen hatte. In welchem Land der Erde wurde solch eine Schrift benutzt? Oder war das gar eine Geheimschrift?
Statt Aufklärung hatte ihm dieser Tornister nur einen Haufen neuer Fragen beschert. Robert rauchte der Kopf, er musste erst einmal nachdenken!
Also räumte er die Sachen wieder in den Tornister, versteckte diesen im Schrank und ging dann hinunter in den Schankraum, um bei einer Maß Bier in Ruhe seine Gedanken zu ordnen.

Es gab erst mal grundsätzlich zwei Möglichkeiten. Entweder er vergaß das Ganze schnell wieder und machte weiter, wie bisher, oder er versuchte diese Geheimnisse zu lüften. Da Vergessen nicht in Frage kam, dazu fand er das alles schon viel zu spannend, blieb nur Möglichkeit zwei. Wenn er aber die Geheimnisse lüften wollte, dann gab es mehrere Ansatzpunkte. Er konnte über die Frankfurter Adresse versuchen mehr über diesen Karl Lendian herauszufinden. Das klang nicht sehr vielversprechend, denn der Ausweis war ja vermutlich gefälscht und somit die Adresse wahrscheinlich eine Sackgasse.
Er konnte versuchen die Keilschrifttexte zu entschlüsseln. Das klang sehr spannend, doch schnelle Ergebnisse waren hier nicht zu erwarten.
Er konnte das Lesen der Sütterlin-Schrift erlernen und dann das Tagebuch von diesem Adam Hobeleisen lesen. Das klang sehr erfolgversprechend, denn da musste es sicher noch eine Menge Leute geben, die das beherrschten.
Also würde er damit beginnen.
Dazu brauchte er aber seine persönliche Infrastruktur und zwar Computer für die Recherche im Internet und Telefon für persönliche Kontaktaufnahmen. Damit war klar, dass sein Aufenthalt in den Bergen hiermit beendet war.

Als erstes unterrichtete er den Wirt davon und der zeigte Verständnis dafür, wegen der Ereignisse, die einem die Urlaubsstimmung schon verderben konnten. Danach ging er wieder auf sein Zimmer und fing an zu packen. Den Tornister legte er in seinen Koffer, wo er erstens unsichtbar war und außerdem gut geschützt. Als alles gepackt war legte er sich ins Bett, um für die Reise am nächsten Morgen ausgeschlafen zu sein. Leider klappte das nicht so, wie geplant, denn in seinem Kopf drehte sich ein Gedankenkarussell, das ihn nicht zur Ruhe kommen ließ. Was mochte nur Nalavalmid sein? Ein Schatz? Ein ritueller Gegenstand einer ihm unbekannten Religion? Ein heiliger Ort? Ein uraltes Buch, passend zu dieser Keilschrift? Eine versunkene Kultur? Eine ….

Über all diesen Gedanken schlief er dann doch ein, nur um in wilden Träumen das Erlebte zu verarbeiten. Ein riesiges Monster namens Nalavalmid jagte ihn quer durch die Dolomiten und schrie dabei immer

„Ach wie gut, dass niemand weiß, was ich bin und wie ich heiß".

„Du heißt Nalavalmid!", schrie er zurück.

„Ja, aber was bin ich?", antwortete das Monster dann und lachte ein wahrlich dämonisches Lachen dabei.

„Ach wie gut, das niemand ……."

Dann wieder hatte das Monster plötzlich das Gesicht des Alten und sagte

„Es hat sich gelohnt, ich habe den Himmel gesehen. Und was hast du gesehen?"

Schweißgebadet wachte er am nächsten Morgen auf und fühlte sich wie gerädert.

Nach einem Frühstück mit ausgiebigem Kaffee ging er dann zur Gendarmerie, um sich abzumelden, so wie er es mit dem Beamten vereinbart hatte.

„Was passiert eigentlich mit dem Leichnam?", fragte er dabei.

„Der bekommt das übliche Armenbegräbnis.", war die Antwort.

Robert überlegte, das passte ihm nicht. Irgendwie fühlte er sich dem Alten gegenüber verpflichtet.

„Nachdem ich ihn gefunden habe, fühle ich mich irgendwie verpflichtet ihm ein ordentliches Begräbnis auszurichten. Geht das?", fragt er.

„Das ist kein Problem und ich finde das gut. Es ist immer wieder traurig, wenn einer so ärmlich unter die Erde kommt.

Der war sicher kein schlechter Kerl, hatte halt nur den Traum von einem besseren Leben, als zuhause. Und jetzt liegt hier in der Fremde, ist tot und mit ihm seine Träume. Gehen Sie einfach rüber ins Nebenzimmer der Bürgermeisterei, dort wird er gerade vom Leichenbestatter hergerichtet. Mit dem können Sie alles besprechen."
Und so kam es, dass er eine weitere Nacht am Ort blieb. Am nächsten Morgen stand er dann bei herrlichem Sonnenschein mit dem Leichenbestatter und seinen Helfern auf dem ungeweihten Teil des Friedhofs. Der Pfarrer hatte eine Teilnahme abgelehnt, weil man ja nicht wusste, ob das überhaupt ein Christenmensch war. Eine interessante Einstellung bei einem sogenannten Christen, dachte sich Robert. So verweilten sie dann zu einem kurzen Gedenken an der Grube, Robert warf einen Strauß Blumen auf den Sarg und ging danach nachdenklich zurück ins Gasthaus. So konnte es gehen und man wurde namenlos in der Erde verscharrt.
„Eins verspreche ich dir Karl Lendian oder wie immer du heißen magst. Wenn ich dein Geheimnis löse, dann komme ich hierher zurück und setze dir einen Stein mit deinem Namen auf dein Grab."
Eine Stunde später war er dann schon auf der Autobahn auf dem Weg zurück nach Darmstadt.
„Es hat sich gelohnt, ich habe den Himmel gesehen."
Was mochte der Alte damit gemeint haben. Er hatte doch nach eigenem Bekunden sein Ziel nicht erreicht. Und trotzdem hatte er den Himmel gesehen. Noch ein Mysterium.

Zurück in Darmstadt nahm er sich gerade mal die Zeit ein paar Vorräte einzukaufen und schon saß er neben dem hastig ausgepackten Koffer an seinem Computer und begann zu recherchieren.
„Die Sütterlin-Schriften, oft einfach auch Sütterlin genannt, sind zwei Ausgangsschriften, die neunzehnhundert-elf von Ludwig Sütterlin im Auftrag des preußischen Kultur- und Schulministeriums entwickelt wurden."
Neunzehnhundert-elf, das klang nicht gut, das war zu jung, die Schrift musste älter sein.
Er schaute sich auch noch eine Schriftprobe an und dann war es klar, die Schrift des Tagebuchs war keine Sütterlinschrift. Was war es dann?
Also weiter suchen. Was gab es noch so an Informationen zum Thema Schrift?Paläographie oder auch Schriftkunde war die Wissenschaft von der Schrift. Die mussten ihm doch sagen können, was für eine Schrift das war. An welcher Uni gab es denn so was? Tübingen, Bamberg, München. Das war doch schon mal was.
Und was gab es da noch?
Epigraphik oder Inschriftenkunde.
„Die Epigraphik ist eigentlich ein Teilgebiet der allgemeinen Schriftgeschichte, der Paläographie, und kann nur im Zusammenhang mit dieser sinnvoll betrieben werden. Besonders wichtig ist die Epigraphik für die Geschichte der Antike, da aus dieser Zeit nur wenige handschriftliche Quellen überliefert sind."
Das war wohl nichts. So alt war die Schrift nun auch wieder nicht und außerdem war es keine Inschrift. Also weiter suchen. Kodikologie oder Handschriftenkunde, das klang doch auch nicht schlecht.
Wieder München. Dann würde das seine erste Anlaufstelle

sein. Morgen früh würde er dort anrufen und sehen, ob und wie die ihm weiterhelfen konnten.

Auch in dieser Nacht hatte er wieder aufregende Träume. Dauernd rief ihn ein Adam Hobeleisen auf dem Telefon an. „Sie können meine Schrift nicht lesen? Was für eine Null sind Sie denn? Das kann doch jedes Kind! Schämen Sie sich!" Verzweifelt versuchte er sich zu rechtfertigen, doch dann legte Adam Hobeleisen einfach auf. Nur um auf der Stelle erneut anzurufen.

„Haben Sie keine Schule besucht? Sind Sie Analphabet? Sie sollten sich schämen! In Ihrem Alter!"

So ging das die ganze Nacht und er wachte auf mit dem Gefühl ein totaler Versager zu sein. Aber unbeeindruckt davon machte er sich an die Arbeit. Pünktlich um neun Uhr rief er die Telefonnummer, die er für die Münchener Uni gefunden hatte an. Er erklärte sein Problem mit einem alten deutschen Text und wurde darauf hin weiter verbunden. Erneut beschrieb er sein Problem und wurde weiter verbunden. Zum dritten Mal erzählte er seine Geschichte und wurde weiter verbunden. Als er dann einen vierten Anlauf unternehmen wollte, wurde er von dem freundlichen Mann am anderen Ende unterbrochen.

„Ich habe gehört, Sie haben Schwierigkeiten einen alten deutschen Text zu lesen. Dann sind Sie hier bei der Paläographie genau richtig. Was können Sie mir über den Text sagen, damit wir das Problem noch etwas einkreisen können?"

Robert erklärte, dass es sich nicht um Sütterlinschrift handle, weil er das bereits geprüft hatte.

„Das wäre jetzt mein erster Tipp gewesen.", antwortete sein Gesprächspartner. „Da es das nicht ist, sollten wir einen Zeitschritt zurück machen und die deutsche Kurrentschrift ins Auge fassen. Das ist die Schrift, die in verschiedenen Ausprägungen vor der Sütterlinschrift über mehr als zweihundert Jahre gebräuchlich war. Ich gehe davon aus, dass

Sie Internet-Zugang haben?"
Robert bestätigte das und dann gab ihm sein Gesprächspartner etliche Internet-Links durch, wo er Schriftproben und Alphabete zur deutschen Kurrentschrift finden konnte. Außerdem noch einen Link mit einem Wörterbuch von damals gebräuchlichen Wörtern, die heute kaum noch bekannt sind und seinen Namen und seine Telefonnummer an der Uni.
„Schauen Sie sich das mal an. Wahrscheinlich löst das schon Ihr Problem. Wenn nicht, dann rufen Sie einfach wieder an und wir bohren weiter."
Robert blieb nichts, als sich herzlich zu bedanken. Erschlagen lehnte er sich zurück. Der Mann hatte Drive, mit dessen Hilfe würde er die Schrift entziffern, da war er sich sicher. Und vielleicht lagen sie ja wirklich im ersten Anlauf bereits richtig. Und sie lagen richtig! Bereits die erste Schriftprobe zeigte ihm das. Mit neuem Eifer machte er sich an die Arbeit, schaute sich alle Schriftproben und Alphabete an und kreiste dabei eine Schriftvariante der deutschen Kurrentschrift ein, die seinem Text am ähnlichsten war. Die druckte er sich mit dem zugehörigen Alphabet aus und machte sich an die Arbeit. Dazu kopierte er sich die Seiten des Tagebuchs und versah sie mit Erklärungen und Randbemerkungen. Schon bald stieß er auf unbekannte Begriffe und musste auf das Internet-Wörterbuch zurückgreifen. Er hätte sonst nie verstanden, dass Adam Hobeleisen bei der Heuernte zugesehen hatte, wenn er von der Mahd sprach. Oder das die Kabacke ein altes baufälliges Häuschen war. Auch das er mit der lästigen Quacke ein kleines Kind meinte, nie hätte er das erraten. So kämpfte er sich Wort für Wort durch und als seine kopierten Seiten zu unübersichtlich wurden mit all den Bemerkungen und Erklärungen, entschloss er sich, eine Übersetzung auf dem Computer zu erfassen, damit er am Ende einen flüssig zu lesenden Text erhalten würde. Im Moment bekam er vor lauter

Suchen und Interpretieren vom Inhalt nur wenig mit. Am späten Abend hatte er gerade mal drei Seiten durchgeackert und war fix und fertig. Als er zu Bett ging, fragte er sich, ob er wohl wieder träumen würde. Und er träumte wieder. Diesmal begegnete ihm Adam Hobeleisen persönlich. Ein fröhlicher junger Mann, der gerne scherzte.
„Na, geht doch! Unser Bübchen lernt ja doch noch das Lesen.", sagte der, während er gemütlich auf einem Felsen sitzend den Bauern bei der Mahd zuschaute und neben ihm ein kleiner Robert sich mit seiner Lesefibel abplagte.
Das ist ein gutes Omen, sagte sich Robert beim Aufwachen, es geht voran.
Und es ging voran. Mit jeder Seite, die er durcharbeitete, wurde ihm die Schrift vertrauter und die Zahl der Wörter, die er nachschlagen musste, ging zurück. Als am Nachmittag das Telefon klingelte, hatte er bereits ein Drittel der Seiten „übersetzt" und im PC gespeichert. Leider war damit jetzt erst einmal Schluss, denn am Apparat war sein bester Kunde, der dringend eine Änderung an seiner Software benötigte. Da konnte er nicht ablehnen. Also sagte er zu, dass er am nächsten Morgen nach Frankfurt kommen und so lange bleiben würde, bis sie die Änderung eingebaut und getestet hatten.
Danach sicherte er noch schnell, packte ein paar Kleidungsstücke und den Laptop ein und ging dann zu Bett, um am Morgen fit zu sein.
Auch in dieser Nacht besuchte ihn Adam, aber nur kurz. Er ging einen Weg entlang, drehte sich noch einmal zu Robert um und winkte.
„Wir sehen uns! Aufgeschoben ist nicht aufgehoben!"
Dann war er verschwunden und Robert schlief traumlos und fest.

Der Job in Frankfurt entwickelte sich so, wie schon so oft zuvor. Sie sprachen die Änderung durch und dann baute er sie ein. Beim Testen stellte sich dann heraus, dass es Wechselwirkungen mit anderer Software gab. Also waren auch dort Anpassungen fällig, die eingebaut und getestet werden mussten. Dann stellte man fest, dass man die Änderungen auch in diversen Auswertungen sehen wollte. Das hieß natürlich auch dort eingreifen und testen. Und, und, und, ….
Bis alles unter Dach und Fach war, war eine ganze Woche inklusive Wochenende vergangen. Robert ließ sich einen langen Stundennachweis abzeichnen, das würde eine heftige Rechnung werden und das Geld für die kommenden Wochen war verdient. Während dieser ganzen Woche hatte er keine Sekunde an Nalavalmid gedacht, denken können. Aber jetzt, wo er auf dem Heimweg war, kam ihm alles wieder in den Sinn. Heute war er schon zu müde, aber gleich morgen würde er mit dem Tagebuch weitermachen und dann, wenn er alles durchgearbeitet hatte, würde er diesem Adam Hobeleisen auf den Pelz rücken, würde seinem Geheimnis auf die Spur kommen.
Früh am nächsten morgen wachte er ohne Wecker auf und ging sofort ans Werk. Leider musste er feststellen, dass ihm die Unterbrechung nicht gut getan hatte. Die Buchstaben waren wieder fremd geworden und viele Begriffe wieder vergessen. Aber er biss sich hinein und schon bald ging es erneut flüssiger voran. Schon am Ende des ersten Tages war er wieder voll drin oder sogar noch etwas weiter als vor der Pause. Zwei weitere Tage ging das so, viel Arbeit, viel Suchen, viel Tipperei und wenig Essen und Schlaf. Doch bei Einbruch der Dunkelheit am dritten Tag war es dann soweit. Er hatte alle Seiten durch, hatte sie übersetzt und alles im Computer gespeichert. Jetzt noch schnell gesichert, nur für alle Fälle, dann einen Ausdruck gemacht und er hielt seine Bettlektüre für den heutigen Abend

in der Hand. Erst jetzt bemerkte er, wie hungrig er war, wie sehr das Essen in den zurückliegenden Tagen zu kurz gekommen war. Also schnell eine Tiefkühlpizza in den Backofen, ungeduldig gewartet und danach ausgiebig geschmaust. Jetzt fühlte er sich bereit für die Lektüre seiner mühevollen Übersetzung und legte sich ins Bett.

Das Tagebuch des Adam Hobeleisen
18.8.1814

Heute ist ein herrlicher Tag. Ich sitze hier in meinen geliebten Bergen, faulenze im Schatten vor mich hin und schaue den Bauern bei der Heuernte zu. Geld habe ich ausreichend für die nächsten Wochen, bei etwas Einteilung sogar Monate. Das alles verdanke ich der Gräfin und der Eifersucht. Wäre ihr Mann nicht so verdammt von Eifersucht geplagt, hätte ich auch nicht so einen lukrativen Auftrag bekommen. Das war nämlich so. Der Graf war extrem eifersüchtig und glaubte immer, die Gräfin würde Liebesbriefe, „Lettres d'Armour" von irgendwelchen Liebhabern im Geheimfach ihres Sekretärs aufbewahren. Um aber keinen Eklat heraufzubeschwören bevor er nicht eindeutige Beweise in der Hand hielt, hatte er das Geheimfach heimlich durch einen Schlosser öffnen lassen. Die Gräfin hatte das natürlich trotzdem bemerkt und nun ihrerseits von einem Schlosser das Geheimfach ihres Gatten öffnen lassen und dort einen Zettel deponiert mit der Aufschrift
„Eifersucht ist eine Leidenschaft, die mit Eifer sucht, was Leiden schafft".
Gleichzeitig hatte sie in ihrem Sekretär ein neues, besseres Schloss einbauen lassen. Das hatte natürlich ihren Gatten nicht ruhen lassen und so ging das hin und her. Mittlerweile war das ein Spiel der beiden geworden mit festen Spielregeln. Wer bei sich ein neues

Schloss hatte einbauen lassen, deponierte im Geheimfach einen Zettel mit dem Datum, teilte es dem Partner mit und es war die Aufgabe des jeweils Anderen, diesen Zettel innerhalb einer Woche in seinen Besitz zu bringen, ohne Gewaltanwendung natürlich und ihn beim nächsten Abendessen auf dem Teller des Unterlegenen zu platzieren. Das ging, wie man sich denken kann, inzwischen nicht mehr mit dem Schlosser aus dem Nachbardorf, sondern sie suchten beide in ganz Europa nach Meistern der Schließkunst und Geld spielte dabei keine Rolle. Und so bin ich, Adam Hobeleisen ins Spiel gekommen, gelte ich doch als einer der besten Erfinder von Möbelschlössern. Der Beste, wenn es nach meiner eigenen, bescheidenen Einschätzung geht. Eigentlich bin ich ja Goldschmied und habe den Beruf bei meinem Herrn Vater in Frankfurt von der Pike auf gelernt. Doch schon bald habe ich dabei meine Leidenschaft für Schlösser entdeckt. Es begann mit den Schlössern der Schmuckschatullen. Schon mit fünfzehn Jahren gab es da kein Schloss mehr, das ich nicht in wenigen Minuten geöffnet hätte. Das brachte meinem Herrn Vater Nebeneinnahmen, denn oft wurden die Schlüssel von diesen Schatullen verlegt oder verloren. Als mir die Schatullen keinen echten Reiz mehr brachten, erweiterte ich mein Spektrum um Möbelschlösser und fing auch an eigene Schlösser zu bauen. Zuerst die gebräuchlichen Schlösser, nur etwas abgewandelt, aber schon bald befriedigte mich das nicht mehr und ich machte mir Gedanken, wie Schlösser ganz anders funktionieren könnten. Und sie konnten. Meine Schlösser hatten keinen Schlüssel im herkömmlichen Sinne, sie wurden mit passenden Gegenständen des täglichen Bedarfs geöffnet. Gabeln, Zahnstocher, der Stiel einer Lorgnette, alles kam für mich in Frage. Außerdem sah man meinen Schlössern oft gar nicht an, dass sie solche waren. Manchmal war sogar der Schlüssel ins Schloss integriert, die Schublade hatte einen Griff, den man in einer bestimmten Reihenfolge drehen, drücken und ziehen musste und schon war sie offen. Ich ließ meiner Phantasie freien Lauf und hatte schon bald eine große Zahl von Kunden, hauptsächlich Kundinnen, die ihre kleinen und auch großen Geheimnisse sicher verwahrt wissen wollten. In der Werkstatt meines Herrn Vaters hatte ich mir eine eigene Ecke dafür eingerichtet, sehr zu seinem Missfallen. Ich sollte einmal die Goldschmiede übernehmen und nicht herumspielen, meint er. Also teile ich meine Zeit immer auf zwischen Goldschmiede und Schlossbau und er akzeptierte das. Auch jetzt war er sicher ungehalten darüber, dass ich nach der Zeit bei der Gräfin auch gleich noch in die Berge gefahren bin. Sei's drum, ich brauche das, brauche ein gewisses Maß an Freiheit, um zu funktionieren. Aber bevor ich jetzt zu tiefgründig werde, packe ich lieber wieder meine Sachen ein und laufe noch ein wenig.

19.8.1814

Gestern habe ich ja ganz vergessen zu schreiben, wie das bei der Gräfin gelaufen ist. Sie hatte von mir gehört und mich auf ihr Schloss bestellt. Dort bot sie mir die freie Wahl aus einer ihrer Schmuckschatullen, wenn ich zwei Dinge für sie erledigen konnte. Erstens sollte ich das Schloss am Geheimfach ihres Mannes öffnen und zweitens bei ihrem Geheimfach ein Schloss einbauen, das ihr Mann nicht innerhalb der Wochenfrist öffnen konnte. Da ihr Mann noch kein neues Schloss eingebaut hatte, verbrachte ich erst einmal einige Tage in einer Kammer im Gesinde-Trakt. Bis Jean kam, Jean Vallon, der mir auf meinen Reisen schon einmal begegnet war. Er baute auch Schlösser und schlug sich damit durchs Leben. Er war nicht schlecht, aber viel zu konservativ und so waren auch seine Schlösser. Wenn der das neue Schloss beim Grafen einbaute, musste ich mir keine schlaflosen Nächte machen. Wir begrüßten uns herzlich und flachsten abends bei einigen Bechern Wein herum, wer wohl den anderen besiegen würde, wobei wir uns einig waren, dass wir beide nur gewinnen konnten, denn den Lohn kassierten wir ja in jedem Falle. Dabei verschwieg ich ihm, dass mein Lohn erfolgsabhängig war. Am nächsten Tag setzte er sein Schloss ein und einen Tag später gab der Graf den Startschuss für mich. Sofort ging ich mit der Gräfin in das Arbeitszimmer des Grafen, um mit der Arbeit zu beginnen. Wie erwartet stellte mich Jeans

Schloss vor keine allzu großen Probleme. Nach einer knappen halben Stunde hatte ich es offen, musste es aber sofort wieder verschließen. Die Gräfin meinte, es sei besser, wenn ich es offiziell erst einen Tag vor Ablauf der Frist öffnen würde, damit ihr Gatte nicht zu enttäuscht sei. Und so saß ich eine Woche in diesem Zimmer und vertrieb mir die Langeweile. Oft besuchte mich die Gräfin und erzählte mir dabei die Geschichte dieses Schlösser-Wettstreits oder ich erzählte von meinen Reisen. Abends machte sich dann Jean immer über mich lustig, weil ich sein Schloss noch nicht geknackt hatte und ich ließ ihn in diesem Glauben. Am letzten Abend öffnete ich letztendlich das Schloss erneut, die Gräfin entnahm den Zettel und Teil eins meiner Aufgaben war erledigt. Der Graf war zwar etwas enttäuscht, aber auch stolz, dass er es fast geschafft hatte.

20.8.1814

Jetzt kam Teil zwei. Aus dem Sortiment von Schlössern, die ich mitgebracht hatte, suchte ich mir ein ganz hinterhältiges aus. Es war oval und enthielt eine erkleckliche Zahl von Fallriegeln. Das wäre für sich schon recht anspruchsvoll gewesen, der Trick lag aber ganz woanders. Dieses Schloss diente nur der Ablenkung, auf- und zugeschlossen wurde damit nicht. Mit einem kleinen Haken an der richtigen Stelle eingehakt, konnte man die ovale Abdeckplatte ein Stück herausziehen, dann eine halbe Drehung im Uhrzeigersinn und offen war das Schloss. Zum Verschließen dasselbe nur in die andere Richtung. Nachdem ich es eingebaut hatte, zeigte ich der Gräfin, wie es zu bedienen war, was bei ihr einen Lachanfall auslöste. „Er hat es faustdick hinter den Ohren", war ihr Kommentar. Sie legte den Zettel mit dem Datum hinein, verschloss die Schublade und gab den Startschuss.
Am ersten Abend war Jean noch locker und entspannt. Sicher hatte er schon eine Anzahl der Riegel gelöst und war optimistisch, den Rest auch bald erledigt zu haben. Am zweiten Abend war er schon etwas angespannter und danach sah ich ihn nicht mehr, weil er Tag und Nacht nur noch arbeitete. So verging der Rest der Woche und dann war Jean plötzlich weg, weg ohne sich zu verabschieden. Zu groß war wohl die Enttäuschung über sein Scheitern gewesen. Ganz anders

die Gräfin. Bestens gelaunt empfing sie mich in ihrem Arbeitszimmer und auf dem Tisch stand schon die Schatulle, aus der ich aussuchen durfte. Mein geübter Goldschmied-Blick sagte mir sofort, dass das nicht die Schatulle mit ihrem Lieblingsschmuck war. Das waren die abgelegten Stücke, die ungeliebten Geschenke, aber trotzdem nicht von geringerem Wert. Sofort fiel mir eine Brosche ins Auge, eine Brosche mit einem wunderschönen zentralen Stein, dem leider durch die protzige, ungeschickte Fassung gänzlich die Wirkung genommen wurde. Diese Brosche wählte ich mir und wir waren beide zufrieden.

21.8.1814

Was ich noch erklären muss ist, wie aus der Brosche all das Geld wurde, mit dem ich jetzt diese Reise finanziere.
Zuerst aber will ich von meinem heutigen Tag berichten, welcher herrlich war. Ich habe einen neuen Weg erkundet. Er führt an einer kleinen Bergkapelle vorbei hinauf auf einen Kamm. Als ich dort ankam, war ich wie erschlagen. Eine traumhafte Aussicht belohnte mich für die Mühen des Aufstiegs. Soweit das Auge reichte, ein wunderbares Panorama der schönsten Gipfel im gleißenden Sonnenlicht. Wenn Gott am siebenten Tag hier gestanden hatte, dann weiß ich warum er sah, dass es gut war. Stunden habe ich dort gesessen und beobachtet, wie das wechselnde Licht dem Panorama immer neue Glanzpunkte aufsetzte. Erst als die Sonne die Gipfel in leuchtendes Abendrot tauchte, war ich heimgekehrt. Dort oben bin ich nicht das letzte Mal gewesen.
Nun aber zu der Brosche und dem Geld. Als ich mit der Brosche nach Frankfurt kam, erwartete mich mein Herr Vater bereits und stellte mir ein Ultimatum. Entweder ich zeigte, dass ich bereit und in der Lage war die Goldschmiede zu übernehmen oder er würde seinen ersten Gesellen als Partner mit ins Geschäft nehmen. Das war deutlich. Unser erster Geselle, der Armin war zwar ein netter Kerl und ein guter Handwerker, es fehlte ihm jedoch an jeglicher

Inspiration. Da sträubte sich jede Faser in mir, wenn ich mir den als Partner und damit als meinen Dienstherr vorstellte. Also machte ich mit meinen Herrn Vater einen Handel. Wenn ich es schaffte innerhalb eines halben Jahres mit einem selbst gefertigten Schmuckstück ein gutes Geschäft zu machen, dann war dieses Thema für meinen Herrn Vater erledigt. Er ahnte ja nicht, dass ich die Basis dafür bereits in der Tasche hatte. Ich zerlegte die Brosche und fasste den Stein neu als Anhänger zu einer dünnen Silberkette.
Die Fassung blieb fast unsichtbar, genau wie die Kette, sodass der Stein voll zur Wirkung kam. Das Ergebnis war perfekt. Bereits der erste Tag im Schaufenster ließ viele Frauen verharren. Und bereits nach einer Woche hatte ich die erste Anfrage. Ich setzte den Preis hoch an, sehr hoch. So hoch, dass erstens mein Herr Vater mit dem Geschäft zufrieden sein würde und zweitens nur ein reicher Kunde in Frage kam, ein Kunde, der dann vielleicht noch mehr bei uns kaufen würde und sich das auch leisten konnte. Wie erwartet wurden die ersten Interessenten durch den Preis abgeschreckt und es wurde ruhiger um die Kette. Im Hintergrund wurde aber wohl in vielen Salons darüber geredet und nach ungefähr einem Monat war es dann soweit. Der Büroleiter des Bankhauses Rothschild stand in unserem Geschäft und erkundigte sich nach dem Preis der Kette. Ich nannte ihn und er zuckte mit keinem einzigen Gesichtsmuskel, er hatte ihn wohl vorher bereits gekannt. „Bitte packen Sie die Kette in eine schöne

Schatulle, es soll ein Geburtstagsgeschenk sein. Morgen werde ich sie abholen.", war sein einziger Kommentar. „Den Preis wird dem dem Konto Ihres Hauses gutgeschrieben." Und schon war er wieder draußen. Wir standen einen Moment wie betäubt, doch dann brach Jubel los. Ich schnappte mir Armin und tanzte mit ihm durch den Laden, während mein Herr Vater immer nur vor sich hinmurmelte. „Die Rothschilds, wir haben die Rothschilds als Kunden."

Damit war natürlich das Ultimatum vom Tisch und bei der Festlegung meines Anteils am Erlös zeigte sich mein Herr Vater recht großzügig für seine Verhältnisse. Am folgenden Tag ließ ich es mir natürlich nicht nehmen, die in ihrer Schatulle hübsch verpackte Kette persönlich an den Büroleiter zu übergeben. Danach allerdings packte ich geschwind meine Sachen und machte mich auf den Weg in die Berge, wo ich jetzt, frei von Geldsorgen, die einmalige Landschaft der Dolomiten genieße.

22.8.1814

Heute ist mir etwas sehr Merkwürdiges begegnet. Ich suchte einen neuen Weg an der Kapelle vorbei hinauf zum Kamm, als mir ein Felsen auffiel. Auf halber Höhe am Hang stand er im umgebenden Fels, wie eine Tür. Bis zu dem Felsen war es nicht so sehr steil, dahinter fast senkrecht. Das ganze Ensemble wirkte wirklich, wie der Eingangsbereich zu irgendetwas. Andere bemerkten das sicherlich nicht so ohne weiteres, aber mein Auge war vom Umgang mit den unterschiedlichsten Materialien geschult, nahm selbst geringe Unterschiede in Oberfläche und Verfärbung wahr. Und dieser eine Felsen wirkte nicht natürlich, daran war manipuliert worden, dessen war ich mir sicher. Meine Neugier war geweckt und ich begab mich da hinauf, um mir das genauer anzuschauen. Oben angekommen untersuchte ich den Felsen und bekam Zweifel, die Oberfläche wirkte total natürlich, fühlte sich ganz normal an. Auch keine erkennbaren Bearbeitungsspuren waren zu bemerken. Ich ging wieder ein paar Schritte zurück und sofort stellte sich wieder das Gefühl des Unnatürlichen ein. Man sah das nur im Überblick. Also untersuchte ich den Felsen ein weiteres Mal und diesmal gründlichst Stück für Stück. Das war zum verrückt werden. Wenn der Fels bearbeitet war, dann von Meistern der Tarnung. Als ich schon aufgeben wollte, fand ich es dann. Eine Stelle etwa drei Handbreit über dem Boden. Dort gab eine kreisrunde

Vertiefung, die nicht von natürlichem Ursprung war. Vorsichtig drückte ich mit dem kleinen Finger darauf und es geschah nichts. Ich drückte etwas fester und plötzlich klappte die kleine kreisförmige Platte nach hinten und gab ein Loch frei. Das war ein Schloss. Zweifelsfrei. Ich erkenne ein Schloss, wenn ich es sehe, schließlich sind Schlösser meine Leidenschaft. Wenn das aber ein Schloss war, dann war der Felsen auch eine Tür. Kein Schloss ohne Tür. Wenn das aber eine Tür war, wohin führte sie? Gerne hätte ich das Schloss untersucht, aber ich hatte natürlich kein Werkzeug dabei. Als schaute ich mir die Umgebung genau an, prägte mir alle Landmarken solange ein, bis ich sicher war, die Stelle auch wieder zu finden. Zuletzt zählte ich auch noch meine Schritte bis zur Kapelle und machte mich auf den Heimweg. Jetzt sitze ich hier und ärgere mich, dass sich in meinem Gepäck kein Werkzeug befindet. Mit Absicht habe ich es in Frankfurt gelassen, um während meiner Reise nicht in Versuchung zu kommen. Pech gehabt!

23.8.1814

Die halbe Nacht habe ich wach gelegen und gegrübelt, wie ich das organisieren könnte. Zurück nach Frankfurt, Werkzeug holen, wieder hierher und dann das Schloss untersuchen. Aber ich konnte es drehen und wenden, wie ich es wollte, immer war Herbst bis ich zurück war und damit das Risiko sehr hoch, dass das Wetter ein Arbeiten dort oben nicht mehr zulassen würde. Dann redete ich mit dem Wirt darüber, dass ich jetzt zwar nach Hause müsse, in ein paar Wochen aber gerne noch einmal kommen würde. Auch er riet mir ab, meinte, dass man schon im Oktober in dieser Höhe mit Schnee rechnen müsse. „Kommen Sie lieber im Frühjahr wieder, da haben Sie mehr Freude daran!", war sein abschließender Kommentar. Wenn es auch schwer fällt, inzwischen habe ich mich damit abgefunden, dass ich dieses geheimnisvolle Schloss erst im kommenden Frühjahr untersuchen kann. Heute war ich aber wieder oben, habe mir Skizzen von den Örtlichkeiten gemacht, Entfernungen gemessen, auffällige Punkte eingetragen. Jetzt bin ich mir sicher, dass ich „Meine Tür" nach dem Winter wiederfinden werde.
Die Frage, die ich natürlich immer noch in meinem Kopf wälze, ist die nach dem Erbauer. Wer baut da oben mitten im Fels eine Tür ein?
Schmuggler?
Bestimmt nicht, denn der Aufwand für solch eine Tür

übersteigt bestimmt die finanziellen und technischen Mittel der Leute, die hier schmuggeln.
Agenten?
Kann ich mir auch nicht vorstellen. Was sollten die da oben mit einem getarnten Versteck?
Ein Geheimbund?
Das schon eher. Die hätten die Mittel dafür und besäßen vielleicht auch eine Verwendung für so einen abgelegenen Versammlungsort.
In jedem Falle werde ich bei meiner Arbeit an der Tür vorsichtig sein müssen. Wer so einen Aufwand treibt, sieht es bestimmt nicht gern, wenn andere sich dort zu schaffen machen.

3.9.1814

Jetzt bin ich zurück in Frankfurt und der Alltag hat mich eingeholt. Es gibt reichlich Arbeit in der Vorweihnachtszeit. Der Rothschild-Verkauf hatte das Geschäft deutlich belebt. Wir sind im Ansehen aufgestiegen und mein Herr Vater überlegt bereits, ob er einen größeren Laden an exponierterer Stelle anmieten solle. Bisher befindet sich unser Laden nicht im besten Quartier Frankfurts und das ist nicht standesgemäß für einen Lieferanten der Rothschilds. Außerdem denkt er über einen neuen Namen nach. Hobeleisen und Sohn scheint ihm nicht mehr adäquat für einen Rothschild-Lieferanten. Mir soll es recht sein, solange ich meinen persönlichen Freiraum behalte. Mit Armin habe ich gestern Abend bei einem Krug Apfelwein über die Zukunft sinniert. Er konnte sich ganz gut eine Arbeitsteilung vorstellen nach dem Motto „Adam macht die Entwürfe und beschwatzt die Kundschaft, während Armin in Ruhe arbeiten kann und einen sicheren, gutbezahlten Arbeitsplatz hat". Auch die Aussicht während meiner regelmäßigen Abwesenheiten der offizielle Stellvertreter und damit Chef zu sein, war ihm keineswegs unangenehm. Es entwickelte sich gut.

7.9.1814

Wenn ich, wie jetzt, abends in meiner Kammer sitze, wandern meine Gedanken häufig zurück in die Dolomiten zu meiner Tür. Werde ich sie öffnen können? Und, wenn ja, was erwartet mich dahinter? Eine Liste der benötigten Werkzeuge und Materialien habe ich mir längst zusammengestellt. Es soll mir nichts fehlen, nichts meine Arbeit behindern, aber ich sollte schon noch in der Lage sein, das alles zu transportieren. Da waren doch einige Kompromisse angesagt. Zur Not musste ich halt vor Ort improvisieren. Auch über die Geheimhaltung habe ich mir Gedanken gemacht. Meine Zeit an der Tür darf jeweils nicht lang sein. Vorher sollte ich sicherstellen, dass niemand in der näheren Umgebung unterwegs war. Und außerdem war es gewiss vorteilhaft die Maske des Sommerfrischlers aufrecht zu halten. Also nicht jeden Tag arbeiten, sondern auch Touren unternehmen, um keinen Verdacht zu erregen. Auch sollte ich, wenn es machbar war, nicht in einem Gasthaus wohnen, wo ich ständig unter Beobachtung war. Unter Umständen konnte ich ja ein Häuschen mieten und mir dort eine kleine Werkstatt einrichten.
Ferner hatte ich auch noch die vertrackte Aufgabe vor mir, meinem Herrn Vater irgendwie beizubringen, dass ich im April oder Mai wieder auf Reisen gehen werde. Das war eventuell der schwierigste Teil. Aber ich habe

ja noch den ganzen Winter Zeit mir etwas Passendes einfallen zu lassen.

Als Robert am nächsten Morgen erwachte, lagen die ausgedruckten Blätter der Tagebuch-Übersetzung noch vor ihm auf der Bettdecke. Bei Seite VIII war er wohl eingeschlafen. Er war halt doch sehr müde gewesen, denn am Inhalt hatte es nicht gelegen, der war höchst spannend. Da deutete sich an, was Nalavalmid sein könnte, besser gesagt, wo es sein könnte. Hinter dieser geheimnisvollen Tür musste es liegen. Danach hatte dieser Karl Lendian gesucht, dort hatte er hin gewollt. Jetzt schnell duschen und frühstücken und dann weiterlesen. Möglicherweise, nein, ganz sicher enthielt das Tagebuch noch mehr Informationen über Nalavalmid. Also beeilte er sich und bereits vierzig Minuten später saß er sauber und frisch gestärkt auf der Couch mit den Tagebuch-Blättern in der Hand. Die nächsten Seiten waren nicht so interessant denn sie hatten nur mit dem Frankfurter Alltag und nicht mit der Tür zu tun. Deshalb las er sie nur quer und legte sie dann zur Seite.

28.1.1815

Die ganze Weihnachtszeit über hatte ich gehofft, das sich für mich eine Gelegenheit bieten würde, für die Firma Besonderes zu leisten um damit meinem Herrn Vater eine Ablehnung der Reise im Frühjahr unmöglich zu machen, aber es hatte sich nichts, aber auch gar nichts ergeben. Es war zum verzweifeln. Jetzt ist das Weihnachtsgeschäft längst Vergangenheit und Fastnacht steht vor der Tür. Es war Zeit, dass mir eine Erleuchtung kam. Und sie kam, aber nicht mir, sondern heute in den Laden in Person des Büroleiters der Rothschilds. Er gab ein Schmuckstück in Auftrag, bestand aber darauf, dass es von dem angefertigt würde, der damals die Kette fabriziert hatte. Das sei der ausdrückliche Wunsch seiner Herrschaft. Und da war sie, war meine Gelegenheit mich für die Firma ein weiteres Mal verdient zu machen. Ich soll für die Fastnachtsbälle eine Maske fertigen, die vom Entwurf her zu der Kette passt. Dafür stand ein großzügiges Budget zur Verfügung, vorausgesetzt, das Ergebnis erfüllte die Erwartungen. Das bedeutete nichts anderes, als Anfertigung auf eigenes Risiko, aber da war mir nicht bange.
Und ich habe auch schon eine Idee. Es wird eine kleine Augenmaske mit Griff, eine Maske, die die Trägerin nicht wirklich verbirgt, sondern ein Schmuckstück, mit dem seine Trägerin die anderen Damen auf dem Ball ausstechen kann. Morgen fange ich damit an und,

wenn das Haus Rothschild mit meinem Entwurf zufrieden ist, kann mir mein Herr Vater die Reise nicht abschlagen.

2.2.1815

Es hat geklappt! Es hat geklappt!
Gestern war der Büroleiter da und hat die Maske zur Ansicht abgeholt. Dann gespanntes Warten, aber nicht lange. Heute am späten Nachmittag war er bereits zurück mit der Mitteilung, dass der Herr Rothschild sehr zufrieden sei und das komplette Budget in den nächsten Tagen unserem Konto gutgeschrieben würde. Die Maske mussten wir nicht verpacken, denn der Herr Rothschild hatte sie nicht mehr hergeben wollen, hatte sie sofort behalten und würde sie selbst angemessen verpacken lassen.
Mein Herr Vater verstand die Welt nicht mehr, denn meine Entwürfe gefielen ihm persönlich nicht so besonders, doch es beeindruckte ihn, dass ich offenbar den Geschmack der noblen Kundschaft sehr genau traf. Und er lobte mich für seine Begriffe auf das Höchste, als er mir sagte, dass er sich jetzt keine Gedanken mehr um seine Nachfolge zu machen brauche, dass unser Geschäft bei mir in besten Händen sein würde.
Diese Gelegenheit nutzte ich sofort um ihn fürs Frühjahr um Urlaub zu bitten. Solange er den Laden noch so gut führen könne, wollte ich mir weiter die Hörner abstoßen, damit ich dann die Ruhe für meine Aufgabe hatte, wenn ich denn einmal die Goldschmiede übernehmen würde. Im Überschwang des Moments stimmte er zu und sagte mir auch noch einen guten Anteil am Verkauf der Maske zu, damit es mir

auch gut gehen solle. Zusammen mit dem Rest des Geldes vom Sommer, den ich nicht angerührt habe, kann ich nun ohne Sorgen mehrere Monate in den Dolomiten verbringen. Die Wartezeit wird mir allerdings lang werden, immerhin sind es noch mindestens zwei Monate, bis ich an eine Abreise denken kann.

Wieder folgten eine Reihe von Seiten mit belanglosen Informationen. Robert überflog sie nur auf der Suche nach den nächsten Interessanten Einträgen.

30.4.1815

Endlich bin ich unterwegs. Die erste Etappe mit der Kutsche hat mich bis Karlsruhe gebracht. Jetzt sitze ich in der Schlafkammer, die ich zusammen mit einem anderen Reisenden gemietet habe und schreibe noch schnell, denn ich bin ja so glücklich, das muss heraus. Die Wartezeit hatte sich endlos gedehnt. Es hatte sich aber auch nichts Bemerkenswertes ereignet, Alltag alle Tage. Doch das ist jetzt vorbei. Morgen werde ich mich um die nächste Etappe kümmern. Der Wirt meint, dass eventuell übermorgen schon die Kutsche nach Freiburg startet und vielleicht habe ich ja Glück und es ist noch ein Platz frei. Mein Gepäck ist beachtlich, ich habe einen großen Rucksack und zwei Taschen. Dabei besteht das meiste aus Werkzeug und Material, an Kleidung habe ich nur das Notwendigste mitgenommen und werde vor Ort öfter mal waschen müssen. Da ich nicht weiß, was für eine Art Schloss da auf mich wartet, muss ich natürlich für alle Eventualitäten gewappnet sein.
Für meine Tarnung habe ich mir auch noch etwas Neues ausgedacht. Ich werde als Reiseschriftsteller auftreten, der sich im letzten Sommer nur umgeschaut hat und jetzt wirklich schreiben will. Das wird erklären, warum ich nicht jeden Tag auf Tour gehe. Jetzt sollte ich aber Schluss machen, mein Mitbewohner, der bereits im Bett liegt, brummelt etwas von Licht ausmachen.

9.5.1815

Ich bin da, bin angekommen. Endlos hatte sich die Reise gezogen durch die vielen Aufenthalte, die entstanden, weil kein direkter Anschluss möglich war. Sogar auf dem Bock bin ich mitgefahren, nur um weiter zu kommen. Das letzte Stück musste ich sogar laufen, weil keine Kutsche in das Dorf gefahren ist. Zum Glück hat mich unterwegs ein freundlicher Bauer auf seinem Wagen mitgenommen, sonst wäre das mit meinem umfangreichen Gepäck kein Spaß geworden. Zuerst habe ich im Gasthof übernachtet und dort meine Geschichte vom Reiseschriftsteller erzählt, der in Ruhe arbeiten muss und deshalb ein Häuschen für sich allein sucht. Das stellte sich als Problem heraus, denn ein passendes Häuschen gab es im ganzen Dorf nicht. Es kostete mich einige Überzeugungskraft, bis ich geklärt hatte, dass nicht nur ein Herrenhaus „passend" für den Herrn Schriftsteller war. In der Vorstellung des Wirtes war ein Schriftsteller ein reicher Mann, der seine reichliche Freizeit mit Schreiben füllte. Nachdem ich klar gestellt hatte, dass ich mit dem Schreiben mein tägliches Brot verdienen musste und dass ich eine einfache Unterkunft suchte, die meinen Geldbeutel nicht über die Maßen belastete, sah die Sache plötzlich ganz anders aus. Der Wirt nannte ein kleines Häuschen am Dorfrand sein eigen, das er aber im Augenblick nicht nutzte und er war bereit es mir zum Preis eines seiner Zimmer zu überlassen, wenn ich im Gegenzug bei ihm essen würde. Nachdem ich mir das Häuschen angesehen und festgestellt hatte, dass es ideal für mich war, wurden wir uns einig. Meine neue Bleibe hat nur ein großes Zimmer mit Tisch, zwei Stühlen, einer Truhe und einem Bett mit Nachttisch und Waschtisch. Über eine Leiter kann man noch zum Dachboden hoch, der als Lager gedacht ist, wo ich mir aber meine kleine Werkstatt eingerichtet habe. Da sieht sie keiner und es werden auch keine Fragen gestellt. Jetzt sitze ich hier an meinem Arbeitstisch und während ich diese Zeilen schreibe, überlege ich bereits, wie ich am geschicktesten vorgehe.

10.5.1815

Jetzt liegt der erste Tag hinter mir und es war ein Erfolg. Nach dem Frühstück im Gasthaus habe ich eine erste Erkundung vorgenommen. Um die Eindrücke aus dem letzten Jahr aufzufrischen, wie ich dem Wirt auf seine Frage erläutert habe.

Apropos Fragen, der Wirt ist zwar neugierig, wird aber von Anderen noch um Längen geschlagen. Maria, seine sechzehnjährige Tochter, weicht mir nicht von der Seite und fragt mir Löcher in den Bauch. Sie wäre auch mit mir auf Erkundung gegangen, um mir alles zu erklären, ließ sich dann aber davon überzeugen, dass ich einen unverfälschten eigenen Eindruck gewinnen muss. Zum Glück ist mir das gerade noch eingefallen, sonst wäre ich sie nicht losgeworden.

Und dann ist da noch Lena die Schankmagd. Ein Bild von einem Mädel, blond, kräftig aber mit einer traumhaften Figur und dem hübschesten Gesicht, dass ich seit Jahren gesehen habe. Sie fragt mich nach allem, was aus ihrer Sicht so toll am Leben in einer Stadt wie Frankfurt ist. Was die Frauen dort gerade tragen, wie es ist, wenn man in die Oper geht und, und, und. Sie wäre auch schier bereit in meinem Häuschen vorbeizukommen, damit dort vor lauter Männerwirtschaft nicht alles durcheinander kommt, sagt sie. Meinen tut sie etwas anderes, das sagt mir ihr Lächeln. Das Angebot ist verlockend, denn sie ist schon eine hübsche Person. Wenn ich aber meine Arbeit erfolgreich durchführen will, sollte ich das lieber lassen. Ich hoffe, ich bin standhaft genug.

Jetzt bin ich aber abgeschweift, ich wollte ja von meiner Erkundung berichten. Als ich den Berg hinauf ging, war ich etwas unsicher, ob ich die Stelle auch wiederfinden würde. Man stelle sich vor, der ganze Aufwand umsonst, weil die Tür nicht mehr zu entdecken war. Doch diese Sorgen hätte ich mir nicht machen müssen. Bei der Kapelle angekommen, orientierte ich mich anhand meiner Aufzeichnungen und schon nach wenigen Minuten hatte ich die Tür gefunden. Es war über den Winter etwas Geröll dazu gekommen, ansonsten war alles unverändert. Auch das Schlüsselloch war noch vorhanden, es konnte also losgehen.

Den Rest des Tages habe ich damit verbracht, herauszufinden von wo man die Stelle einsehen konnte, um zu wissen, wo ich vor meinen Untersuchungen Ausschau nach anderen Leuten halten musste. Man stelle sich vor, jemand sieht mich, wie ich am Boden liegend an einem Felsen herum fummele. Das muss neugierige Fragen heraufbeschwören. Noch schlimmer wäre, jemand, der mit der Tür zu tun hat, entdeckt mich. Das könnte sogar gefährlich werden.

Jetzt muss ich aber Schluss machen und hinüber ins Gasthaus zum Abendessen gehen. Maria warte sicher bereits ungeduldig mit jeder Menge Fragen. Außerdem habe ich auch Hunger, denn ein ganzer Tag an der

Frischen Luft stärkt den Appetit. Und gut kochen tun sie hier, davon konnte ich mich gestern längst überzeugen.

11.5.1815

Heute habe ich zum ersten Mal am Türschloss gearbeitet.
Gleich nach dem Frühstück bin ich aufgebrochen, habe mich überzeugt, dass ich alleine war und dann ging es los. Bereits die ersten Untersuchungen mit meinen Sonden haben gezeigt, dass das kein Zuckerschlecken wird. Unter der Abdeckplatte sieht man ein Gewirr von Löchern und sich kreuzender Schlitze, durch die man eine weitere Platte mit Löchern und Schlitzen sehen kann. Ich habe noch keine Vorstellung, wie das Schloss funktionieren könnte. Außerdem brauche ich mehr Licht. Zum Glück steht auf meinem Arbeitstische eine Petroleumlampe mit Spiegel. Die werde ich morgen mitnehmen, muss sie aber gut im Rucksack verstauen, damit sie nicht ausläuft und auch nicht gesehen wird. Man stelle sich vor, was das für Spekulationen hervorrufen würde. Warum nimmt eine Reiseschriftsteller am hellerlichten Tag eine Lampe mit auf seine Wanderung?

13.5.1815

Jetzt habe ich bereits drei Tage gearbeitet und bin nicht wirklich weiter gekommen. Meine Sonden sind für dieses Schloss nicht ausreichend. Ich benötige etwas, was abknickt, damit ich es durch die Schlitze einführen und auf der nächsten Ebene dann suchen kann. Also habe ich mich nach meiner Rückkehr in meine improvisierte Werkstatt gesetzt und eine ganz neue Art von Sonde gebaut. Ein Griff, auf den ich verschieden lange, waagerecht abknickende Arme aufsetzen kann, die am Ende wieder eine senkrechte kurze Stange zum Erkunden der nächsten Ebene haben. Den ganzen Nachmittag und den heutigen Tag habe ich dafür benötigt und bin jetzt gespannt, ob ich damit mehr Erfolg habe. Morgen geht das allerdings nicht, denn morgen muss ich mit Maria in die Berge. Sie hat sich nicht mehr abwimmeln lassen und wird mir alles erklären. Wie die Berge heißen, die Täler, die Seen und die Dörfer, die man sehen kann. Damit ich in meinem Buch nichts Falsches schreibe.

So, jetzt muss ich aber zum Abendessen und mich meinem Publikum stellen. Von Tag zu Tag ist es abends im Gasthaus voller geworden, ich bin hier die Sensation. Der Bürgermeister hat sich bereits vorgestellt und auch drei der wichtigsten Bauern kenne ich schon. Wer da wer ist, darüber unterrichtet mich Lena, mein einziger Lichtblick an den Abenden. Nein, ich darf nicht lügen. Auch die neugierige Maria ist mir fast schon ans Herz gewachsen und ihr Vater, der Wirt ist auch in Ordnung. Er versorgt mich jeden Morgen mit einem Vesper-Paket, damit ich auf meine Wanderungen nicht verhungere. Und dafür verlangt er nicht einmal Geld. Ich nehme an, dass ist mein Anteil an den Mehreinnahmen, die er durch mich hat.

14.5.1815

Was für ein Tag! Die Wanderung mit Maria war einfach toll. Sie kennt Wege und Aussichtspunkte, die ich sonst nie gefunden hätte. Gott ist diese Landschaft schön. Von jedem Aussichtspunkt aus sieht sie anders aus, obwohl es das selbe Tal ist. Und als wir nachmittags auf dem Rückweg wieder an einigen Punkten vom Vormittag vorbeikamen, sah es erneut anders aus, weil der Sonnenstand sich verändert hatte. Ich bin wie verzaubert. Hier kann man das Wunder der Schöpfung noch hautnah erleben. Dagegen ist Frankfurt fade. Darüber müsste man wirklich ein Buch schreiben. Aber eines mit vielen Bildern, denn mit Worten kann man manches nicht erfassen. Mich wundert es jetzt, dass mich noch niemand gefragt hat, ob ich denn keine Bilder in meinem Buch zeige. Da muss ich mir eine gute Antwort überlegen. Ich könnte ja sagen, dass ich Skizzen mache, aber dann wollen sie die natürlich sehen. Am einfachsten ist es, wenn ich sage, dass Bilder das Buch zu teuer machen und wir deshalb darauf verzichten. Ein guter Reiseschriftsteller kann die Bilder im Kopf seiner Leser entstehen lassen. Genau! Ein guter Reiseschriftsteller sicher, ich aber nicht.
Morgen geht es aber an der Tür weiter, dann werde ich meine neue Sonde testen und hoffentlich eine Vorstellung davon bekommen, wie das Schloss funktioniert.

16.5.1815

Schon wieder zwei Tage vergangen und kein echter Fortschritt. Zwar konnte ich mit meiner neuen Sonde das Schloss jetzt besser untersuchen, ein Bild, wie es funktioniert, will sich aber immer noch nicht einstellen. Und ohne ein klares Bild wird es kaum möglich sein einen Schlüssel anzufertigen.
Eigentlich müsste ich deprimiert sein, bin ich aber nicht. Und dafür gibt es einen Grund. Lena kam gestern Abend überraschend vorbei, um zu sehen, ob es dem Herrn Reiseschriftsteller auch gut geht. Sie war sehr direkt und ich war nicht standhaft. Zum Glück!
Als wir später noch ein wenig im Bett kuschelten, hat sie mir ihre Philosophie erklärt:
„Ich weiß, dass du irgendwann wieder nach Frankfurt fährst und ich bleibe hier. Aber jetzt ist es schön!"
Dem ist nichts hinzuzufügen. Außer vielleicht, dass ich seitdem mit einem verklärten Lächeln herumlaufe und den bisherigen Misserfolg an der Tür nicht so tragisch nehme. Das wird schon noch. Und wenn nicht, dann kommt hoffentlich Lena wieder vorbei.

19.5.1815

Drei Tage hatten wir jetzt so schlechtes Wetter, dass an ein Hinausgehen nicht zu denken war. Das sollte ja einen Reiseschriftsteller nicht schrecken, denn dann kann er in Ruhe schreiben. Also bin ich in meinem Häuschen geblieben und habe mir die Zeit um die Ohren geschlagen. Für meine Sonde habe ich weitere Arme und Verlängerungsstücke gebaut, sodass ich jetzt an die Arme weitere Arme anschließen kann. Vielleicht bringt das ja was.

Am zweiten Tag war es mir dann zu langweilig und ich bin ins Gasthaus gegangen. Zuerst habe ich mit Maria verschiedene Kartenspiele gespielt, aber zu zweit wird das auch schnell langweilig. Dann kamen noch ihr Vater und Lena dazu und wir haben Schafskopf gespielt. Da ich das Spiel nicht so oft spiele, habe ich auch dementsprechend abgeschnitten. Sehr zur Freude der anderen, die sich köstlich amüsierten, wenn der Herr Reiseschriftsteller schon wieder verlor. Was musste ich mir für Bemerkungen anhören. Und was hat jeweils der gejammert, der mit mir spielen musste.

Abends kam dann Lena in meinem Häuschen vorbei und hat mich getröstet. Da kann ich die Misserfolge beim Spielen durchaus verkraften. Für den Preis verliere ich gern noch öfter.

Heute bin ich dann wieder in meinem Häuschen geblieben und nur zum Essen ins Gasthaus gegangen. Ich muss schließlich meine Rolle konsequent spielen.

Lena hat auch nicht nach mir geschaut, wie ich heimlich gehofft hatte und deshalb kommt das Tagebuch wieder zu Ehren.
Morgen soll das Wetter wieder besser werden, das wissen die Leute hier einfach so. Deshalb glaube ich das auch und freue mich bereits darauf wieder an der Tür zu arbeiten.

20.5.1815

Das Wetter ist wirklich besser geworden und ich konnte an der Tür arbeiten. Die Langeweile-Erweiterung meiner Sonde war der Durchbruch. Mit der Kombination Griff – Arm – Verlängerung – Arm bin ich doch tatsächlich bis zur zweiten Ebene vorgestoßen. Viel besser aber war, dass ich endlich ein Bild vor Augen habe, wie das Schloss funktioniert.
Es hat mehrere Ebenen, wie viele weiß ich noch nicht. Für jede Ebene braucht es einen Arm auf einem Verlängerungsstück, der in einem bestimmten Winkel zum vorhergehenden Arm steht. Außerdem variiert die Länge der Arme. Hat man die richtige Anzahl von Armen in den richtigen Längen und Winkeln, dann kann man durch Einführen, Drehen und wieder Einführen von Ebene zu Ebene gelangen, bis man auf der letzten Ebene das Schloss löst. Wahrscheinlich ist dort nur ein Knopf, den man drücken muss und dieser Knopf liegt so versteckt unter den Ebenen, dass man ihn anders nicht erreichen kann. Das ist genial, denn durch die vielen Schlitze pro Ebene, gibt es eine fast unendliche Kombinationsvielfalt der möglichen Winkel. Bis in die zweite Ebene kann man wenigstens einen Teil der Schlitze noch sehen, danach muss man alles erfühlen.
Das wird schwer, sehr schwer! Doch ich kenne mich, mein Fingerspitzengefühl wird mich leiten und ich werde es schaffen, auch wenn es sicherlich etwas länger

dauern wird.
Bestimmt sehr zur Freude des Gastwirts, seiner Tochter und allen anderen, für die ich eine willkommene Abwechselung bin. Und hoffentlich auch zur Freude von Lena. Und, wenn ich ehrlich bin, auch zu meiner Freude, wenn ich an Lena denke.

28.5.1815

Ich komme einfach nicht weiter. Erstens ist die Zeit sehr begrenzt, in der ich an der Tür arbeiten kann. Maria besteht immer wieder darauf mir noch weitere Sehenswürdigkeiten zu zeigen, die ich unbedingt gesehen haben muss und die garantiert in mein Buch müssen. Da kann ich nicht immer ablehnen. Außerdem hat jetzt auch noch der Bürgermeister den Drang den Fremdenführer zu spielen. Auch da kann ich schlecht ablehnen. Und wenn ich dann tatsächlich mal Zeit hätte, dann ist mir oft Lena wichtiger als die Tür. Um ehrlich zu sein, ist sie mir inzwischen sehr wichtig geworden. Manchmal aber kommt alles günstig zusammen, Maria konnte ich abwimmeln, der Bürgermeister hat auf seinem Hof zu tun und Lena muss arbeiten. Dann gehe ich zwar zur Tür und versuche voran zu kommen, aber die Tür mag mich nicht und verbirgt erfolgreich ihre Geheimnisse vor mir. So ab und zu mit links geht das eben nicht. Entweder gebe ich jetzt auf oder ich lasse mir etwas einfallen, was mich wieder konzentriert arbeiten lässt.

30.5.1815

Manchmal greift einfach das Schicksal ein und gibt uns den Hinweis, den wir benötigen. Bei mir war das ein Brief aus Frankfurt, der gestern angekommen ist. Armin teilt mir mit, dass in Frankfurt alles in Ordnung ist und ich mir keine Gedanken um das Geschäft machen muss. Seit wir Lieferant der Rothschilds sind, gehen die Geschäfte gut. Es ist den betuchten Bürgern wichtig auch ein Stück von uns zu besitzen, um damit zu prahlen zu können.
Das ist aber nicht der Hinweis des Schicksals, der mich weiter gebracht hat. Allein die Ankunft eines Briefs für mich, hat mich auf die zündende Idee gebracht. Ich habe allen erzählt, dass mein Verleger ungeduldig wird und auf eine rasche Fertigstellung des Buches drängt. Deshalb müsse ich mich jetzt ganz auf meine Arbeit konzentrieren und könne leider nur noch zum Essen in den Gasthof kommen. Es solle sich auch niemand wundern, wenn ich öfter mal weg bin, denn dann sei ich unterwegs in den Bergen, um an einem inspirierenden Ort zu schreiben. Selbst Lena habe ich schweren Herzens diese Geschichte erzählt und wir haben vereinbart, dass sie nur noch vorbei kommt, wenn ich abends ein Licht ins Fenster stelle. Sie hat mit viel Verständnis darauf reagiert, denn sie möchte auf keinen Fall, dass mein Buch ein Misserfolg wird.

5.6.1815

Die neue Abgeschiedenheit hat auch meine Konzentration wieder zurück gebracht. Mit neuem Elan bin ich wieder am Schloss zu Gange und auch mit Erfolg belohnt worden. Die dritte Ebene hatte ich schon nach zwei Tagen erreicht und am dritten Tag auch die vierte. Dann war allerdings auch Schluss und nichts ging mehr. So sehr ich mich auch bemühte und mit wie viel Phantasie ich auch probierte, es wollte nicht weiter gehen.
Zwischendurch hatte ich auch noch einen Schreck zu verkraften. Ich hatte mich morgens umgesehen und niemand war in der Nähe. Gerade wollte ich mein Bündel auspacken, als ich plötzlich angesprochen wurde. Ein Bauer aus dem Dorf wünschte mir guten Morgen und fragte, ob ich etwas am Boden suchen würde und er mir helfen könne. Man stelle sich meinen Schreck vor. Zum Glück hatte ich das Bündel mit meinen Werkzeugen noch nicht ausgepackt und eine gute Ausrede fiel mir auch ein. Mir war nichts runter gefallen, sondern ich wollte mich nur vergewissern, dass ich meine Schreibfedern auch dabei habe, denn ohne ist man als Schreiber ja hilflos. Da hat der Bauer schallend gelacht und gemeint, dass ihm da sein Werkzeug lieber sei, denn das sei so groß, dass er immer wisse, ob er es dabei habe und hat mit seiner Heugabel gewunken. Wir haben dann noch etwas weiter gescherzt und danach ist er seines Weges gegangen. An

diesem Tag konnte ich nicht arbeiten, sondern habe nur am Hang gesessen und die Landschaft angeschaut. Das darf nicht wieder passieren, ich darf nicht leichtsinnig werden. Man stelle sich vor, das wäre nicht der Bauer, sondern der Besitzer der Tür gewesen. Der hätte mir meine faule Ausrede nie und nimmer geglaubt. Und dann??

17.6.1815

Viele Tage habe ich inzwischen an der Tür verbracht. Natürlich drehe ich jetzt erst einmal zwei Runden, um zu sehen, dass niemand in der Nähe ist. Viele, viele Stunden habe ich investiert und bin nicht weiter gekommen. Das Schloss hat mich ein ums andere Mal genarrt. Abends war ich so frustriert, dass ich nicht einmal mehr Tagebuch schreiben wollte. Erst wollte ich die Lampe ins Fenster stellen, um Lena herbei zu rufen, habe es aber doch sein lassen. Das wäre gemein gewesen, sie nur zu rufen, weil ich frustriert war. Also habe ich es mir verkniffen. Fast spielte ich mit dem Gedanken aufzugeben, als mir der Zufall zu Hilfe kam. Ich wollte den Schlüssel aus dem Schloss holen, habe in meiner Ungeduld nicht aufgepasst, den falschen Weg genommen und bin trotzdem auf die nächsthöhere Ebene gelangt. Erst war ich verblüfft, denn bei meiner Vorstellung von diesem Schloss, sollte das eigentlich nicht gehen. Erst kam ich ins Grübeln, doch dann hat es bei mir geklingelt. Der Konstrukteur des Schlosses war ein ganz übler Schelm. So Tricks hatte ich auch schon benutzt. Den unsinnigen Zug nannte ich das, denn man musste zwischendurch zurück, um dann weiter vorwärts zu kommen. In diesem Fall hieß das, man musste runter auf die nächste Ebene, dann an anderer Stelle wieder zurück, um dann wieder nach unten zu kommen. Nur so erreichte man die folgende Ebene. Im ersten Moment wusste ich nicht, ob ich den Konstrukteur verfluchen oder bewundern sollte, entschied mich dann aber für bewundern. Das war ein ebenbürtiger Gegner für mich, den würde ich gerne kennenlernen. Das würde sicherlich ein interessantes Gespräch. Na ja, vielleicht ergab sich ja noch die Gelegenheit, vorausgesetzt ich schaffte es das Schloss zu öffnen. Mit neuer Motivation werde ich mich morgen wieder an die Arbeit machen.

Hier musste Robert erst einmal eine Pause machen. Ihm rauchte der Kopf. Mit einem Blatt Papier und einem Stift versuchte er aufzumalen, wie dieses Schloss wohl aussehen könnte, es gelang ihm nicht. Er versuchte sich vorzustellen, wie er den Schlüssel und die Tür gefunden hatte und dann die Tür öffnete. Auch das gelang ihm nicht. Was tat er dann hier überhaupt? Er hatte doch gar keine Chance.
Tief deprimiert machte er erst einmal Pause und vesperte.
Dabei kreisten seine Gedanken weiter um das Schloss. Dieser Adam Hobeleisen war offensichtlich ein Genie, wenn es um Schlösser ging. Wenn der schon Wochen gebraucht hatte, um das Schloss zu entschlüsseln, wie sollte ihm das gelingen?
Da hatte er eine Eingebung. Im Gepäck des Alten waren doch diese Stifte gewesen, die über Plättchen miteinander verbunden waren. Das musste der Schlüssel sein! Der passte genau zu der Beschreibung des Tagebuchs!
Vielleicht war er ja doch nicht zu dumm für dieses Rätsel. Grinsend vesperte er weiter und hatte prompt die nächste Eingebung.
Am Ende des Tagebuchs hatte er zwei Seiten mit Winkel- und Entfernungsangaben gefunden, die er nicht übersetzen musste und deshalb zur Seite gelegt hatte. Das konnte der Schlüssel zu seinen Problemen sein. Winkel und Entfernungen. Damit konnte man einen Ort beschreiben, die Lage der Tür zum Beispiel. Man konnte aber auch den Schließvorgang des Schlosses beschreiben. Einführen, verschieben, drehen und so weiter.
Plötzlich war er sich sicher, die eine Seite beschrieb die Lage der Tür, die andere den Schließvorgang.
Anders konnte es nicht sein. Selbst so ein Genie, wie dieser Adam Hobeleisen, konnte nicht sicher sein, dass er sich das alles merken konnte und hatte es deshalb garantiert zusätzlich aufgeschrieben. Das er sich die Lage der Tür notiert hatte,

stand ja sogar im Tagebuch.
Jetzt musste er sofort weiter lesen und erfahren, ob dieser Adam auch das Schloss geknackt hatte.

20.6.1815

Jetzt, wo ich die Vermutung mit dem „unsinnigen Zug" hatte, ging ich mit neuem Mut an die Arbeit. Alles ist einfacher, wenn man seinen Gegner kennt. Schon bald konnte ich den Weg bis zu dem Zug zurück im Schlaf ausführen. Das Schloss wurde mir immer vertrauter. Auch, wenn ich den nächsten Zug noch nicht gefunden hatte, war es bestimmt nur noch eine Frage von Stunden, bis ich die nächste Ebene erreicht hatte, die ja eigentlich die vorhergehende war.
Da wurde ich durch das Wetter gebremst.
Seit zwei Tagen ziehen hier laufend Gewitter auf, sodass an ein Arbeiten im Freien nicht zu denken ist. Der Gastwirt hat mich eindrücklich gewarnt, denn das geht hier so schnell, dass es manchmal unmöglich ist noch einen sicheren Unterstand zu erreichen. Also mache ich Pause und schreibe aus lauter Verzweiflung am Tagebuch weiter.

22.6.1815

Wieder zwei Tage vergangen und immer noch keine Besserung in Sicht. Aber, seit ich erlebt habe, wie ein Gewitter ist, wenn es sich in einem steilen Tal gefangen hat, werde ich weiter brav zuhause bleiben. So ähnlich stelle ich mir den Weltuntergang vor.
Gestern Abend habe ich dann doch die Lampe ins Fenster gestellt und Lena ist bis heute Mittag geblieben. Wir haben es beide total genossen. Nichts ist schöner, als zusammen im Bett zu liegen, wenn draußen das Unwetter tobt.

23.6.1815

Endlich wieder gutes Wetter!
Schon ganz früh am Morgen habe ich meine Sachen zusammengepackt und bin hinauf zur Tür marschiert. Zuerst habe ich den bekannten Weg durch das Schloss geübt. Runter, runter, runter, runter, hoch. So lange, bis ich es im Schlaf konnte. Dann habe ich mir den bisherigen Weg notiert, so für alle Fälle.
Bei der ganzen Überei fiel mir auf, dass da ein gewisser Rhythmus in dem Weg war. Ich konnte es nicht genau spezifizieren, es war einfach so ein Gefühl. Und mit diesem Gefühl im Handgelenk versuchte ich jetzt den nächsten Zug zu finden. Schon im siebten Versuch hatte ich ihn gefunden. Das war ein tolles Gefühl, ich hatte es geschafft mich in den Konstrukteur zu versetzen, hatte seine Arbeitsweise erspürt. Nachdem ich den sechsten Zug notiert hatte, machte ich natürlich sofort weiter. Das musste ich ausnutzen. Wer weiß, ob ich morgen dieses Gefühl wieder hatte.
Runter, runter, runter, runter, hoch, runter und ...
Arm und Winkel verstellen und dann aufs Neue.
Runter, runter, runter, runter, hoch, runter und ...
Ich musste nicht mehr hinschauen, meine Hand arbeitete total selbständig. Und dann plötzlich.
Runter, runter, runter, runter, hoch, runter und runter.
Ich hatte die fünfte Ebene erreicht. Erschöpft lehnte ich mich an den Fels. Ich hatte überhaupt nicht bemerkt,

wie viel Energie das gekostet hatte. Ich war erschöpft, aber auch glücklich. So schnell war ich bisher noch nie voran gekommen. Nach einer kurzen Pause wiederholte ich die Züge wieder so lange, bis sie fest in meinem Gedächtnis verankert waren, notierte mir dann die neuen Züge und machte mich danach daran die fünfte Ebene zu erkunden.

Schon bald durchfuhr es mich wie ein Blitz. Da waren keine Schlitze mehr, das war eine massive Platte. Das war die letzte Ebene, hier musste der Knopf zum Öffnen sein, wenn meine Vermutung mich nicht täuschte. Vorsichtig suchte ich weiter und fand schon bald ein Loch, in das der Stift passte. Aber ich stieß schnell auf Widerstand und zog den Stift zurück, um das Schloss nicht zu öffnen. Der nächste Schritt wollte gut überlegt sein. Ich notierte mir die Lage des Lochs, entfernte dann den Schlüssel aus dem Schloss, packte meine Gerätschaften zusammen und machte mich auf den Heimweg.

Jetzt, wo ich diese Zeilen schreibe, kreisen meine Gedanken permanent um das weitere Vorgehen. In Ruhe werde ich mir die möglichen Alternativen überlegen und dann entscheiden.

26.6.1815

Zwei Tage habe ich Gedanken gewälzt und die nächsten Schritte geplant, abgewogen, verworfen und wieder geplant. Um mich abzulenken, habe ich zwischendurch immer wieder an dem Schlüssel gearbeitet, habe die Verbindungen fixiert, überstehende Teile entfernt und habe jetzt ein fertiges Teil, das man nur noch mit roher Gewalt verstellen könnte.
Bei meinen Besuchen in der Gastwirtschaft war ich abwesend und unkonzentriert, was mir besorgte Nachfragen eingebracht hat. Alles habe ich auf die heiße Phase geschoben, wenn ein Buch fast fertig ist.
Am Abend des zweiten Tages habe ich dann meinen Plan verkündet, in der Form, wie er für das Dorf gedacht war. Um den Kopf frei zu bekommen, würde ich eine mehrtägige Wanderung unternehmen, mal weg von allem. Wie lange wusste ich noch nicht, das hing davon ab, wie schnell die Ablenkung funktionieren würde.
Mein wirklicher Plan sieht natürlich anders aus. Mit der Wanderausrüstung und den Vorräten im Gepäck werde ich gleich morgens die Tür öffnen und dann schauen, was mich da erwartet.
Natürlich gehören auch die Lampe und Petroleum zu meinem Gepäck, denn hinter der Tür ist es sicherlich dunkel. Heute Nacht kann ich bestimmt nicht schlafen, zu viel geht mir durch den Kopf. Morgen früh hole ich

dann noch meine Vorräte in der Gastwirtschaft ab und los geht es.

28.6.1815

Jetzt bin ich doch noch nicht gestartet, denn Lena war nachts noch zum Verabschieden gekommen und danach war es schon früher Morgen und ich habe meinen Aufbruch verschoben. Darüber hat sich Lena so gefreut, dass wir uns gleich noch einmal verabschiedet haben und der Start meiner Wanderung sich um einen weiteren Tag hinausgezögert hat. Der Wirt hat bei all den Verschiebungen nur wissend gelächelt und gemeint, dass man im Leben immer die Dinge nach ihrer Wichtigkeit ordnen müsse. Damit hat er Recht.
Doch morgen geht es jetzt endgültig los und diesmal wird mich nichts aufhalten, auch Lena nicht. Bin ich doch viel zu neugierig, was mich hinter der Tür erwartet. Neugierig und auch ein wenig bange.

Robert war total aufgeregt. Jetzt ging es los, jetzt würde er erfahren, was hinter der Tür war.
Das geheimnisvolle Nalavalmid?
Dann die Ernüchterung, denn das war die letzte Seite des Tagebuchs gewesen, die spannende Fortsetzung folgte nicht. Er durchsuchte noch einmal alles, aber es tauchten keine weiteren Seiten auf. Nur noch die Seiten, die er für die Wegbeschreibung und die Schlossöffnungssequenz hielt, waren da.
Das konnte nicht sein, denn jemand, der bisher so genau alles notiert hatte, hätte doch nicht just im spannendsten Moment aufgehört. Das war unmöglich!
War im hinter der Tür etwas zugestoßen?
Aber wie kamen dann Tagebuch und Schlüssel in den Besitz von Karl Lendian?
Robert rief sich zur Ordnung. Es nutzte nichts zu spekulieren, er musste sich an den Fakten orientieren. Und Fakt war, dass das Tagebuch zwar hoch interessant war, ihm eine Menge Hintergrundinformation geliefert hatte, nur wirklich weiter hatte es ihn nicht gebracht.
Was blieb ihm jetzt noch?
Die Metallscheibe? Eher nicht! Wie sollte die ihn weiter bringen.
Das zweite Schriftstück mit den merkwürdigen Schriftzeichen? Das schon eher! Schließlich hatte er ja bereits Kontakt zur Münchner Uni und dem Fachmann für Paläographie dort. Der konnte ihm bestimmt helfen.
Heute war es schon zu spät für einen Anruf, aber gleich morgen früh würde er sein Glück probieren.
Am nächsten Morgen um neun Uhr telefonierte er mit dem Paläographen in München. Telefonnummer und Uhrzeit kannte er ja noch von seiner Kurrentschrift-Suche. Zwar zogen sich die Minuten und Stunden bis neun Uhr, aber er wollte seine

Chancen nicht durch einen unerwünscht frühen Anruf verschlechtern.Er hatte Glück und kam bereits beim ersten Mal durch. Als Erstes erklärte er, wer er war und bedankte sich ganz herzlich für die Hilfe, die sein damaliges Problem hervorragend gelöst hatte. Der Mann erinnerte sich wieder daran und freute sich, dass sich auch mal jemand für die Hilfe bedankte, denn von den meisten Leute hörte er nichts mehr, sobald ihr Problem gelöst war. Da musste Robert kleinlaut eingestehen, dass auch ihn ein neues Problem zu diesem Anruf motiviert hatte, was lautes Lachen am anderen Ende auslöste gefolgt von der Bemerkung, dass er also doch sein Weltbild nicht korrigieren müsse. Dann meinte er, dass zu mindestens Roberts Ehrlichkeit wieder Hilfe verdiene und was denn sein Problem sei. Robert versuchte genau zu beschreiben, wie die Schrift ungefähr aussah, wurde aber bald unterbrochen durch den Hinweis, dass das am Telefon nicht ginge. Eine unbekannte Schrift müsse er vor sich sehen und Robert solle ihm den Scan (Sie haben doch eine Scanner?) von zwei bis drei typischen Seiten zu mailen. Er werde sich die Seiten anschauen und gegebenenfalls auch ein paar Kollegen zeigen. Morgen könne er dann wieder anrufen und das Ergebnis abfragen. Außerdem wollte er wissen woher Robert das Schriftstück hatte, denn das könne manchmal auch einen Hinweis liefern. Zum Glück war Robert auf die Frage vorbereitet und erzählte nun seine Geschichte. Nach der Sache mit der Kurrentschrift hatte er Feuer gefangen mit den alten Schriften und sich auf Flohmärkten und in Antiquitätenshops nach alten Manuskripten umgesehen. Dabei war er auf dem Flohmarkt auf dieses Schriftstück gestoßen und hatte es für wenig Geld erhandeln können. Die Frage nach der Herkunft hatte er dabei auch gestellt, der Verkäufer konnte ihm aber nichts dazu sagen, deshalb auch der geringe Preis. Damit musste sich der Paläograph wohl oder übel zufrieden geben und Robert verabschiedete sich mit vielem Dank im Voraus bis zum morgigen Tag. Danach scannte er sofort drei Seiten ein, die er blind aus dem Packen zog, nicht ohne die Position der Seite mit einem Einlage-Blatt zu kennzeichnen, um die Reihenfolge zu erhalten. Falls die Seiten überhaupt eine Reihenfolge hatten und nicht schon früher wild gemixt worden waren. Dann schickte er die Scans los. Jetzt konnte er erst einmal nichts mehr tun und musste sich bis zum folgenden Tag gedulden. Er wollte dann noch ein paar Schriftsachen erledigen, die liegen geblieben waren, stellte aber sehr schnell fest, dass er sich nicht konzentrieren konnte. Nalavalmid beschäftigte ihn zu sehr. Also machte er sich ein paar Sandwiches, setzte sich vor den Fernseher und ließ sich berieseln.

Auch am nächsten Morgen zogen sich die Stunden bis zum Anruf endlos. Doch dann ging es sehr schnell. Er hatte wieder direkt seinen Paläographen am Telefon und der hatte schlechte Nachrichten. Er konnte mit der Schrift überhaupt nichts anfangen. Mit allem, was er in seinem Archiv war, hatte er verglichen und nicht einmal eine entfernte Ähnlichkeit feststellen können. Da er aber auf europäische Schriften spezialisiert war, wollte das nichts heißen. Deshalb hatte er die Seiten an Kollegen mit anderen Schwerpunkten geschickt und würde frühestens am Montag Ergebnisse vorliegen haben. Robert solle also am Montag Nachmittag wieder anrufen. Außerdem müsse er sich keine Sorgen machen, sein Problem sei in besten Händen, denn wenn die Paläographen erst einmal Blut geleckt haben, dann gibt es kein Halten mehr.
Robert legte auf und war erst einmal geschockt, denn er hatte natürlich eine ähnlich schnelle Lösung erhofft, wie bei der Kurrentschrift. Montag Nachmittag!! Hatte der Kerl eine Vorstellung, wie lange sich fast vier Tage hinziehen, wenn man eine heiße Sache verfolgt, so wie er.
Um sich abzulenken, machte er sich selbst im Internet auf die Suche. Runen, Keilschrift, Azteken, Araber, Chinesen, Koreaner und Japaner nahm er unter die Lupe, hatte aber keinen Erfolg. Das einzig Gute daran war, dass die Zeit verging. Außerdem lernte er eine Menge über Sprachen. Silbisch, alphabetisch, abugida, abjad und phonetisch. Und natürlich ließ sich keine Sprache genau einer dieser Klassen zuordnen, weil sie auch immer noch ein paar Besonderheiten hatte. Seine Achtung vor Sprachwissenschaftlern wuchs.
Dann endlich war Montag Nachmittag. Wobei Robert Nachmittag mit vierzehn Uhr großzügig auslegte. Am Telefon kam er auch gleich durch und holte sich die schlechte Nachricht ab. Die Schrift war unbekannt und das weltweit, denn sie war inzwischen über das Internet an alle möglichen

Universitätsinstitute auf der ganzen Erde geschickt worden.
Niemand hatte je etwas nur annähernd Ähnliches gesehen.
Die Vermutung war nun, dass es sich nicht um eine offizielle Schrift handelte, sondern eher um eine sogenannte Geheimschrift, von denen es weltweit jede Menge gab.
Deshalb hatte man die Seiten an die Kryptologie weiter geleitet und die Kryptoanalytiker hatten sie bereits durch mehrere ihrer Computerprogramme gejagt, ohne Erfolg. Da drei Seiten als Grundmenge sehr wenig waren, solle er doch bitte so viele Seiten, wie möglich scannen und schicken. Wie lange die Auswertung dann dauern könne, war ungewiss und aus diesem Grunde werde man ihn per Mail auf dem laufenden halten.
Seine Mail-Adresse habe man ja bereits seit der ersten Sendung.
Robert war verblüfft.
Was hatte er denn da gefunden?
War die Vermutung von Adam Hobeleisen mit dem Geheimbund am Ende tatsächlich richtig gewesen?
Hörte deshalb sein Tagebuch so abrupt mit dem Passieren der Tür auf?
Alles Spekulationen! Er würde sich gedulden müssen.

Jetzt hatte er es hinter sich gebracht, hatte die Seiten gescannt und nach und nach per Mail an die Uni geschickt.
Vorher hatte er überlegt, wie er vorgehen solle. Wirklich alle Seiten schicken und damit im Erfolgsfalle den kompletten Inhalt veröffentlichen? Menschen waren neugierig und ganz sicher würde jemand den Inhalt lesen, wenn er erst dechiffriert war. Das konnte nicht sein Interesse sein, denn dann entglitt ihm eventuell die ganze Sache und Andere würden das Heft in die Hand nehmen. Also scannte er nur jede dritte Seite, mischte sie gründlich und verschickte sie dann erst. Wenn jemand das jetzt las und keinen Zusammenhang fand, verlor er hoffentlich das Interesse.
Es machte keinen Sinn jetzt nur auf das Ergebnis zu warten, denn das konnte ja dauern. Außerdem hatte er ja auch noch sein restliches Leben, welches in der letzten Zeit gründlich zu kurz gekommen war. Er checkte seine Mails, um zu sehen, ob sich irgendwelche Alt- oder Neukunden gemeldet hatten. Und tatsächlich lag wieder eine Anfrage für eine kleine Programmänderung vor. Er telefonierte, machte die Konditionen klar und würde am nächsten Tag dort antreten. Dann packte er seine Sachen und verbrachte den Rest des Tages damit, seine Wohnung mal wieder auf Vordermann zu bringen. Alles aufräumen und dann saugen und Bad putzen. Nebenher die Waschmaschine laufen lassen und das saubere Ergebnis auf den Wäscheständer hängen. Seine Umfeld hatte durch Nalavalmid ganz schön gelitten.
Als er mit Allem durch war, genehmigte er sich eine leckere Pizza bei seinem Stamm-Italiener, die er mit zwei Vierteln Rotwein abrundete. Danach war er satt, zufrieden und müde und legte sich ins Bett.
Auch dieses Mal blieb es nicht wirklich bei der kleinen Programmänderung. Die hatte er zwar in einem halben Tag erledigt, aber dann kam man ins Gespräch.

In jedem Büro gibt es Prozesse, die nicht optimal laufen, über die sich das Management ärgert, weil sie unnötig Zeit und Ressourcen verschlingen. Und wenn dann so jemand wie er eine gute Idee dazu hatte, dann entwickelt sich daraus schnell ein Auftrag.

So auch in diesem Falle. Man setzte sich zusammen, arbeitete die Details genau aus und schon konnte er sich an die Arbeit machen. Zum Glück hatte er sich angewöhnt beim Packen seiner Reisetasche solche Ereignisse mit einzuplanen, sodass er problemlos weitere drei Tage bleiben konnte. Dafür würde er wieder eine schöne Rechnung stellen können und sein Konto würde sich freuen.

Auf der Heimreise fiel ihm dann Nalavalmid wieder ein, dass in den zurückliegenden Tagen durch die Konzentration auf die Arbeit völlig in Vergessenheit geraten war. Ob sich die Uni bereits gemeldet hatte? Hatten sie den Text entschlüsseln können? Er war gespannt.

Zuhause angekommen packte er aus, vesperte kurz etwas und checkte dann seine Privat-Mails. Er hatte sich extra mehrere Mail-Adressen eingerichtet und versuchte damit Arbeit und Privates zu trennen. Wenn er mit seinem Laptop unterwegs war, wurden nicht automatisch die privaten Mails geladen, da konzentrierte er sich auf die Arbeit.
Die Uni hatte sich gemeldet, hatte aber keine guten Nachrichten. Es war nicht gelungen die Texte zu entschlüsseln. Es blieben jetzt aus Sicht der Uni zwei Möglichkeiten. Möglichkeit eins war, dass die verschlüsselte Sprache ein Exot war, den sie nicht gespeichert hatten.
Möglichkeit zwei war die von ihnen favorisierte und hieß, dass er einem Scherzbold aufgesessen war, der einfach wild Zeichen kombiniert hatte, um ein interessantes Schriftstück zu erzeugen. Solche Fälle hatten sie bereits des Öfteren gehabt.
Es täte ihnen leid, aber sie könnten ihm jetzt leider nicht mehr weiterhelfen.
Robert war perplex. Was jetzt? War er am Ende des Weges angekommen?
Um sich abzulenken formulierte er erst einmal eine Mail an die Uni, in der er sich für die Hilfe bedankte.
Dann überlegte er, welche Optionen er noch hatte.
Er konnte einfach mit der Suche nach der Tür beginnen und zwar dort, wo er den Alten gefunden hatte, in der Hoffnung, dass das wenigstens einigermaßen in der Nähe der gesuchten Tür war. Aber vielleicht hatte der Greis sich ja bei seiner verzweifelten Suche schon viele Kilometer von der Tür entfernt.
Er konnte versuchen über das Amulett-ähnliche Ding an die Herkunft des Alten zu kommen und damit eventuell doch noch an die Entschlüsselung des Textes. Auch das klang nicht sehr erfolgversprechend.
Mehr und mehr setzte sich bei ihm die Erkenntnis durch, dass

das wirklich das Ende des Weges war. Er würde jetzt all die Sachen wieder in den Tornister packen und den im Keller verstauen und das war es dann.
Also holte er den Tornister und packte das Tagebuch von Adam Hobeleisen hinein und dann den vermutlichen Schlüssel. Als er das Amulett einpacken wollte, zögerte er. Dich werde ich jetzt anziehen, sagte er, damit du mich an mein Scheitern erinnerst. Und flugs hatte er es ausgepackt und um den Hals gelegt. Schön war das wirklich nicht, aber selten.
Dann packte er das Tagebuch des Kalendian in den Tornister. Moment!! Tagebuch des Kalendian?? Hatte er da gerade Kalendian gelesen? Das Deckblatt des Textes gelesen?
Das gab es nicht!
Sofort packte er den Text wieder aus.

**Tagebuch
des
Kalendian
Sohn des
Amanalat
aus der
Alkron der
Lichthüter**

stand da auf dem Deckblatt. Und er sah auch, dass der Text von links unten nach rechts oben zu lesen war.
Hatte er Halluzinationen? Was war jetzt anders als zuvor?
Das Amulett!! Er hatte das Amulett umgelegt!!
Aber das gab es nicht, magische Amulette existierten nur in Fantasy-Romanen.
Doch er konnte das ja leicht testen. Amulett ablegen und immer das Deckblatt im Auge behalten. Erst passierte nichts, jedoch nach einigen Sekunden fing der Text an zu

verschwimmen und dann waren da wieder diese komischen Schriftzeichen.
Gegenprobe!!
Amulett anlegen und tatsächlich verschwammen nach einigen Sekunden die Schriftzeichen, um danach zu lesbarem Text zu werden.
Was war das? Er hatte doch keine Drogen genommen?
Mehrfach wiederholte er den Test und das Ergebnis war jeweils identisch. Ohne Amulett waren das merkwürdige Schriftzeichen, mit Amulett war es lesbarer Text.
Seine rationale Weltsicht bekam erst breite Risse und zerbröselte dann zu Staub.
Hier hatte er es offensichtlich mit Magie zu tun.
Oder vielleicht einfach sehr hoch entwickelte Technik?
Das gefiel ihm schon besser. Das Amulett war ein Produkt sehr hoch entwickelter Technik und ermöglichte seinem Träger das Lesen der Geheimschrift.
Egal was, er konnte jetzt den Text lesen und sein Weg zu Nalavalmid war noch nicht zu Ende.
Sofort begann er mit dem Lesen.

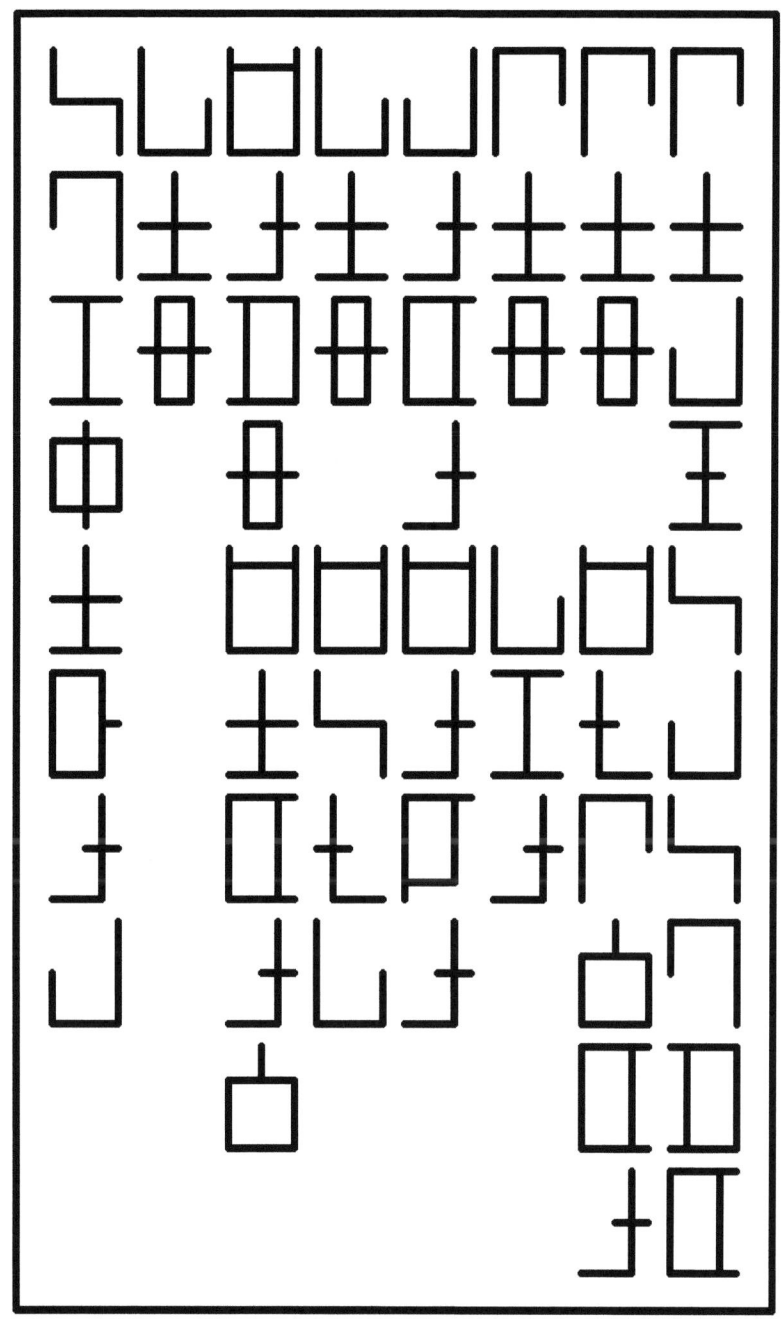

Tagebuch des Kalendian Sohn des Amanalat aus der Alkron der Lichthüter

165-1083

Heute ist ein großer Tag für meines Vaters Sohn Kalendian und deshalb beginnt er heute mit seinen Aufzeichnungen. Natürlich schreibt er sein Tagebuch in Karaganat, der Geheimschrift der Alkron der Lichthüter. Dafür hat er die Schrift ja während seiner Ausbildung gelernt. Alles, was die Alkron betrifft, soll auch in der Alkron bleiben. Ohne das Almurat wäre das nicht so schnell gegangen. Aber mit dem magischen Amulett der Vorväter war es leicht gewesen. Die Alten sagten, dass man mit diesem Amulett uneingeschränkt kommunizieren könne. Alle Sprachen könne man sprechen und alle Schriften lesen. Das können wir hier natürlich nicht überprüfen, denn hier sprechen wir nur eine Sprache, aber mit Karaganat funktioniert es. Das Tollste dabei ist, dass man es nach einiger Zeit nicht mehr benötigt, denn dann beharrscht man Karaganat auch so. Trotzdem trägt meines Vaters Sohn Kalendian es immer noch, denn es ist eine hohe Ehre das Almurat tragen zu dürfen.
Zum ersten Mal geht er heute allein auf Kontrollgang. Natürlich nicht auf einer wichtigen Strecke, das ist den erfahrenen Lichthütern vorbehalten. Aber er geht allein und das heißt, er jetzt wirklich ein Lichthüter ist. Natürlich war er von Geburt an

Lichthüter, denn die Zugehörigkeit zur Alkron erbt man vom Vater. Aber jetzt hat meines Vaters Sohn Kalendian seine Ausbildung abgeschlossen und geht allein.
Die Lichthüter sind die wichtigste Alkron in Nalavalmid, wenn auch die jüngste. Früher, als wir noch auf der Oberfläche von Valmid gelebt haben, benötigte man keine Lichthüter. Doch jetzt, wo wir nur noch unter der Oberfläche leben und ohne Licht nicht existieren können, sind die Lichthüter zum wichtigsten Beruf geworden und wir Lichthüter genießen hohes Ansehen. Im Modoromo sind zwar die Vertreter, die jede Alkron entsendet gleichberechtigt, trotzdem hat das Wort des Lichthüters besonderes Gewicht. In Nalavalmid fällt keine wichtige Entscheidung ohne die Zustimmung der Lichthüter.
Meines Vaters Sohn Kalendian kann es kaum erwarten, dass es los geht, sein erster Kontrollgang alleine. Es ist eine Strecke im entfernten Bereich der Höhlen. Kaum jemand kommt noch dort hin, doch auch dort müssen die Lichter in Ordnung sein. Und er wird dafür sorgen.
Jetzt muss er aber los, muss zum Treffpunkt der Lichthüter. An jedem Morgen treffen sich alle aktiven Lichthüter vor ihrem Kontrollgang. Dort erfahren sie die letzten Neuigkeiten, Vorkommnisse, die auf den Kontrollgängen passiert sind und Hinweise, auf was eventuell besonders zu achten ist.

166-1083

Was war das für ein Tag gestern. Der erste Teil des ersten Kontrollgangs war enorm spannend, weil meines Vaters Sohn Kalendian vor lauter Aufregung beinahe über die eigenen Füße gestolpert ist. Dann wurde er ruhiger, denn es war auch überhaupt nichts los. Seine Strecke liegt total in den Außenbezirken der Höhlen und niemand verirrt sich normalerweise dort hin. Alle Lampen waren an und leuchteten ruhig und gleichmäßig, also auch nicht der geringste Hauch von Unregelmäßigkeiten, auf die er hätte reagieren müssen. Da sich die Gänge verzweigen und oft in kleinen Höhlen enden, ging er notgedrungen viele Strecken doppelt. So zog sich das doch in die Länge und es war fast Mittagszeit, bis er fertig war und zum Treffpunkt zurück kam.
Dort erwartete meines Vaters Sohn Kalendian aber eine Überraschung. Die anderen Lichthüter hatten eine Feier wegen seines ersten Kontrollgangs organisiert. Leckere Speisen und Getränke und viele Geschichten wurden erzählt von ungewöhnlichen Dingen, die den einzelnen Lichthütern auf ihren Kontrollgängen widerfahren waren. Darauf konnte er in seinem Außenbezirk nicht hoffen, da würde nichts passieren. Na gut, eventuell würde mal eine Lampe flackern oder ausfallen, das war aber schon das abenteuerlichste, was er erwarten

konnte. Doch im Laufe der Jahre würde er dann auch auf andere Strecken kommen, bei den Feldern, den Ställen oder gar den Wohnhöhlen. Dort traf man dann auch auf andere Valmider und konnte mal ein Schwätzchen halten. Außerdem musste in diesen Gegenden oft schnell reagiert werden, wenn Lampen ausfielen.

Robert machte erst einmal eine Pause.
Was war das für eine Welt, die da beschrieben wurde?
Und in was für einer Sprache. Alles in der dritten Person, statt „ich" immer „meines Vaters Sohn Kalendian". Das klang mittelalterlich.
Und Menschen die früher auf der Oberfläche ihrer Welt Valmid gelebt hatten und jetzt nur noch unter der Oberfläche in Höhlen lebten.
War dieses Valmid die Erde?
Lebten unter unseren Füßen unerkannt die Valmider?
Der Zugang über eine Tür in den Alpen sprach dafür.
Jetzt schnell weiterlesen und mehr erfahren!
Oder erst einmal besinnen? Das Amulett hatte auch noch die Nebenwirkung, dass man den Sinn von unbekannten Begriffen sofort verstand. Ihm war sofort klar gewesen, dass eine Alkron eine Berufsvereinigung ähnlich den irdischen Zünften war.
Vielleicht stimmte es ja wirklich, dass er mit dem Amulett alle Sprachen verstehen und sprechen könnte.
Das war leicht zu testen, denn in der Nähe seiner Wohnung war ein Döner-Laden, vor dem immer eine Gruppe türkisch sprechender Zeitgenossen stand. Zu mindestens vermutete er, dass es Türkisch war, verstehen konnte er es nicht.
Zehn Minuten später stand er vor dem Laden an der großen Speisekarte und tat so, als ob er die studiere. Dabei hörte er nur auf das Gespräche, das die drei Männer nebenan führten. Er hatte das Almurat nicht an und verstand nichts. Jetzt schnell das Amulett angelegt und schon konnte er sich ein Bild davon machen, wie die Chancen von Galatasaray auf die türkische Meisterschaft standen.
Das war genial und verlangte nach einem Härtetest.
Nicht weit von hier war ein chinesischer Imbiss und dort sprach einer der Männer am Schalter fast kein Wort Deutsch. Man musste auf der Karte zeigen, was man wollte und dann

mit den Fingern die Anzahl angeben. Wenn der Dienst hatte, dann hatte Robert seinen Härtetest.
Im Eilschritt marschierte er zu dem Imbiss und tatsächlich hatte der Gewünschte Dienst. Er studierte die zweisprachige Karte, konzentrierte sich auf die chinesische Schrift und glaubte sie lesen zu können. Da es ja deutsch daneben stand, war er sich nicht ganz sicher. Er brauchte sowieso noch etwas zum Abendessen und deshalb ging er zum Schalter, konzentrierte sich auf die chinesische Schrift und bestellte Ente mit Gemüse und Reis. Der Verkäufer schaute ihn erstaunt an und fragte dann, woher er Chinesisch könne. Robert erzählte, dass er seit geraumer Zeit lerne, um dann für seine Firma nach Schanghai zu fahren. Der Verkäufer war beeindruckt und meinte, dass er dafür, das er noch nie in China war schon fast perfekt spreche. Er sei wohl ein Sprachtalent. Sie plauderten dann noch Belangloses, bis seine Ente fertig war. Dann verabschiedete er sich und schwebte wie auf Wolke sieben nach hause.
Dieses Almurat war unbezahlbar und was für Chancen sich da auch in seinem Beruf auftaten. Natürlich war Englisch weltweit die Sprache der EDV, aber die Anwender sprachen nur selten gutes Englisch und ohne die Anwender konnte man nur schwer gute Software schreiben. Jetzt als frischgebackenes Sprachgenie, sah er sich bereits um die Welt jetten und für horrende Honorare Software entwickeln.
Aber wollte er das überhaupt?
Puff platzte die Seifenblase und er landete wieder.
Zuhause angekommen setzte er sich mit seiner Ente an den Tisch und las dabei weiter in den Aufzeichnungen dieses Kalendian.

172-1083

Jetzt sind schon einige Tage vergangen und eine gewisse Routine ist eingekehrt. Meines Vaters Sohn Kalendian geht morgens zum Treffpunkt, tauscht sich dort mit den Anderen aus, macht dann seinen Kontrollgang, kehrt zum Treffpunkt zurück, dort folgen meistens noch ein paar Gespräche und dann er Freizeit. Freizeit heißt für ihn meistens Lesen. Wir haben eine riesige Bibliothek, mit vielen Büchern aus der Zeit, als wir noch an der Oberfläche von Valmid lebten. Die verschlingt meines Vaters Sohn Kalendian und versucht sich daraus abzuleiten, wie es ist den Himmel zu sehen. Nach oben schauen und keine Grenze erkennen. In die endlose Weite hinauf zur Sonne blicken und höchstens ein paar Wolken sehen. Sonne konnte er sich ja noch vorstellen, ein großes Licht, das irgendwo weit oben hing. Aber Wolken? Verdunstetes Wasser, das die Sonne verdeckt? Wenn bei uns Wasser verdunstet, dann läuft es höchstens nass an den Wänden herunter.
Wie gerne würde er mal den Himmel sehen! Auf Valmid war das aber unmöglich. Unsere Sonne brannte erbarmungslos auf die Oberfläche und hatte mit ihrer ungeheuerlichen Hitze alles Leben ausgelöscht. Auch die Beobachtungsposten, die die Valmider bei ihrem Umzug unter die Erde an der Oberfläche

eingerichtet hatten, waren inzwischen schon lange zerstört. Anfänglich hatte man sie noch repariert, aber während des zweiten Jahrhunderts, hatte man das dann aufgegeben. Inzwischen schrieb man das Jahr 1083 seit dem Umzug und die Oberfläche war im Laufe der Jahrhunderte ein unbekannter mystischer Ort geworden.

Wieder musste Robert unterbrechen. Die Oberfläche von Valmid war unbewohnbar, offensichtlich durch eine Sonnenkatastrophe ein lebensfeindlicher Ort geworden. Also kein Volk im Inneren unserer Erde! Wie war dann aber der Zusammenhang zwischen der Tür in den Alpen und Valmid? Es wurde immer rätselhafter.

Obwohl, ein Volk, das ein Amulett, wie das Almurat herstellen konnte, hatte möglicherweise auch dafür eine Lösung. Den Vorvätern war Einiges zuzutrauen. Er würde es vielleicht erfahren, wenn er weiter las.

Aber davor regte sich noch etwas in seinem Hinterkopf. Irgendetwas an Kalendian war ihm aufgefallen, nur konnte er es noch nicht in Worte fassen.

Da klingelte es. Kalendian ist Karl Lendian! Der Alte aus den Bergen hatte in seinem Pass diesen Namen stehen. Er hatte also einfach seinen valmidischen Namen phonetisch in einen irdischen Namen umgewandelt. Er las den Bericht dieses Greises, der erst in Valmid und dann auf der Erde gelebt hatte. Und wie alt wurden diese Valmider wohl? Nach den Daten, die er bis jetzt kannte, musste Karl Lendian deutlich über zweihundert Jahre alt geworden sein.

Das war der Hammer! Aufgeregt las er weiter.

194-1083

Erst jetzt kommt meines Vaters Sohn Kalendian wieder zum Schreiben, denn nachdem er schon langsam in langweiliger Routine ertrunken ist, haben sich in den letzten Tagen die Ereignisse überschlagen. Es begann alles auf seinem normalen Kontrollgang.
Fast hatte er den entferntesten Punkt erreicht, als er plötzlich ein Geräusch hörte. Das war noch nie passiert. Aber wer oder was verursachte das Geräusch. Es klang nach langsamen, vorsichtigen Schritten.
Waren das andere Lichthüter, die ihn foppen wollten?
Bestimmt!
Also ging er so leise wie möglich in Richtung des Geräuschs, um den oder die Witzbolde seinerseits zu überraschen. Hinter einer Biegung wartete er, bis das Geräusch ganz nah war und sprang dann plötzlich hervor und schrie
„Erschauert, hier kommt das unheimliche Lichtmonster!"
Der einzelne Mann hinter der Ecke erschauerte wirklich. Erschreckt war er einige Schritte zurückgesprungen und schaute mich mit aufgerissenen Augen an. Es wäre also ein voller Erfolg gewesen, wenn dort ein Valmider gestanden hätte. Es war aber aber ein totaler Fremder. Aussehen und Kleidung waren so

fremdartig, der war nicht aus Valmid. Woher kam er? In Nalavalmid lebten nur Valmider. Und das seit über tausend Jahren.
Lange Zeit starrten wir uns nur an, dann fragte er zögernd
„Wer seid ihr?".
„Ich spreche leider nur Deutsch" war seine Antwort.
Er verstand ihn also nicht, aber meines Vaters Sohn Kalendian verstand ihn, denn er trug ja das Almurat und das bewirkte, dass er den nächsten Satz bereits verstehen konnte. Dann erzählte er, dass er über eine Geheimtür in den Bergen hierher gelangt war und bestimmt nichts Böses im Schilde führe, dass er auch sofort wieder gehen könne, wenn er nicht erwünscht war.
Wo er denn überhaupt sei?
Geheimtür in den Bergen klang danach, dass er von der Oberfläche gekommen war. Das konnte aber nicht sein, denn auf der Oberfläche lebte seit Jahrhunderten nichts mehr. Darauf konnte meines Vaters Sohn Kalendian sich keinen Reim machen. Er musterte ihn noch einmal genau. Der Fremde war allein, trug keine sichtbaren Waffen, schien also nicht gefährlich zu sein. Also sagte er ihm, dass er in Nalavalmid sei und er ihn jetzt zum Zentrum bringen werde, wo es Leute gab, die seine Fragen besser beantworten konnten, als er. Jetzt musterte er meines Vaters Sohn Kalendian noch einmal genau, schien unsicher, ob er vertrauen könne. Doch dann kam er auf ihn zu, stellte sich als

Adam Hobeleisen vor und meinte wir könnten
jetzt gehen.

199-1083

Die letzten Tage waren das Aufregendste, was meines Vaters Sohn Kalendian in seinem Leben bisher erlebt hat.
Adam oder „Der Besucher", wie er im Modoromo genannt wird, hat in Valmid alles auf den Kopf gestellt. Nein, eigentlich nur im Modoromo, denn der Besucher wird total abgeschirmt. Das war die erste Reaktion der Verantwortlichen. Es darf in Valmid keine unnötige Unruhe geben, deshalb wurden alle zu totalem Stillschweigen verpflichtet. Adam wurde direkt im Modoromo untergebracht. Es gibt dort Toiletten und ein Bad, eine winzige Küche und mehrere kleine Besprechungsräume. Daraus wurde in aller Eile eine kleine Wohnung gezaubert, die er nun mit Adam bewohnt. Meines Vaters Sohn Kalendian ist der Einzige, der Adam kennt und nicht zum Modoromo gehört und deshalb will man auch ihn unter Kontrolle haben. Nur einmal durfte er noch kurz nach hause und dort schnell ein paar Sachen zusammenpacken.
Jeden Tag kamen mehrmals hochgestellte Modoromo-Mitglieder zu Gesprächen mit Adam. Man versucht sich ein Bild zu machen, wie und woher Adam gekommen ist. Wie groß die Wahrscheinlichkeit ist, dass weitere Besucher von dort kommen und ob dieser Weg auch in beiden Richtungen funktioniert. Dabei ist meines Vaters Sohn Kalendian immer der

Übersetzer, denn er trägt auch jetzt noch das Almurat und kann so als Einziger mit Adam reden. Erst hatte man überlegt ihn auszuschließen und Adam das Almurat zu geben, doch dann hat man davon Abstand genommen, denn das hätte Adam die Möglichkeit gegeben unkontrolliert zu kommunizieren. Keiner hat sich über diese Entscheidung mehr gefreut, als meines Vaters Sohn Kalendian. Nun ist er der Einzige, der an allen Gesprächen teilnimmt und somit auch der Einzige, der alle Fakten kennt. Außerdem sprechen Adam und er natürlich auch in den Pausen zwischen den offiziellen Gesprächen miteinander und dabei hat er Dinge erfahren, nach denen noch niemand gefragt hat. Und Adam hat von ihm auch viel über Valmid erfahren. Vielleicht mehr, als dem Modoromo lieb ist, doch unsere isolierte Lage hat sehr schnell zu großer Vertrautheit geführt und er betrachtet Adam schon als Freund und nicht mehr als Fremden. Am Ende des Tages nervt meines Vaters Sohn Kalendian ihn immer mit Fragen nach der Welt, die einen Himmel hat. Er kann gar nicht genug davon bekommen. Sonnenuntergang hinter den Bergen, Mondlicht, das durch Wolken scheint, Schnee auf Bäumen, Regenbögen, Wellen am Meeresstrand, warmes Sonnenlicht auf der Haut und noch vieles mehr. Und mit jeder Erzählung wächst seine Sehnsucht nach dieser Welt.

201-1083

In meines Vaters Sohn Kalendian ist ein Entschluss gereift. Wenn es sich irgendwie bewerkstelligen lässt, wird er in die Welt mit Himmel gehen. Deshalb hat er Adam jetzt mehr danach gefragt, wie man in seiner Welt so lebt. Dabei sind wir auf einen Thema gestoßen, das ihm völlig fremd ist. In Adams Welt spielt Geld eine ganz wichtige Rolle. Für Dinge, die man nicht selbst herstellen kann, muss man anderen, die das können Geld geben. Das hat meines Vaters Sohn Kalendian erst einmal total verwirrt. Bei uns arbeiten alle in dem Maße für die Gemeinschaft, wie sie es können. Dafür bekommen sie von der Gemeinschaft alles, was sie zum Leben benötigen. Niemand hat einen persönlichen Besitz, denn alles bekommt man von der Gemeinschaft ausgeliehen und gibt es wieder zurück, wenn man es nicht mehr braucht. So ungefähr hat es meines Vaters Sohn Kalendian erst verstanden, als Adam ihm sagte, dass Geld so eine Art gespeicherte Arbeit ist. Man arbeitet, bekommt dafür Geld und kann dann später mit dem Geld zum Beispiel etwas zum Essen oder Anziehen kaufen. Egal, wie gut meines Vaters Sohn Kalendian das verstanden hat, es ist ihm klar geworden, dass er Geld haben muss, wenn er in Adams Welt leben will. Mindestens so viel Geld, dass er leben kann, bis er Arbeit gefunden habe, für die er Geld bekommt. Dieses Problem muss er schnellstens lösen. Er wird Adam dazu noch mit weiteren Fragen löchern.

203-1083

Die Befragung Adams durch Mitglieder des Modoromo hat aufgehört und jetzt kommen sie fast jeden Tag zu Besprechungen zusammen. Da meines Vaters Sohn Kalendian nicht dabei ist, kann er nur vermuten, was da besprochen wird und er vermutet, dass es um die Lösung des Besucher-Problems geht. Zwischendurch wurde auch meines Vaters Sohn Kalendian befragt und hat dabei wohl einen schwerwiegenden Fehler gemacht. Auf die Frage, was der Besucher für ihn bedeutet, hat er geantwortet, dass er jetzt weiß, wie schön es ist unter einem Himmel zu leben. Dadurch ist jetzt wohl allen klar, dass die Anwesenheit Adams zu einem riesigen Problem werden kann. Was ist, wenn plötzlich viele, so wie er, den Himmel sehen wollen. Dann bricht hier alles zusammen. Also denkt meines Vaters Sohn Kalendian, dass man überlegt, wie man den Fremden möglichst schnell und unauffällig los werden kann. Und irgendwie hat er dabei kein gutes Gefühl. In den uralten Seitengängen, kann man jemand sehr schnell verschwinden lassen. Und wenn Adam verschwindet, dann kann er nicht den Himmel sehen. Er braucht dringend einen Plan.

Robert musste erst einmal durchatmen. Das Tagebuch entwickelte sich zum Thriller. Kalendian hatte mit seiner Einschätzung sicher Recht. Adam war eine Gefahr für die Welt von Nalavalmid und die Herrschenden neigten in solchen Fällen nicht zu Zimperlichkeit. Also war Adam in großer Gefahr. Allerdings musste ja wohl alles gut gegangen sein, denn Kalendian war ja als Karl Lendian hier in unserer Welt angekommen. Aber hatte auch Adam es geschafft? Die Antwort würde er hoffentlich erhalten, wenn er weiter las.

204-1083

Heute hat meines Vaters Sohn Kalendian der Zufall geholfen und das gleich zwei Mal. Er hat Adam das Archiv gezeigt. Das Archiv liegt innerhalb der Räumlichkeiten des Modoromo und ist deshalb für uns zugänglich, alle Ausgänge werden ja bewacht, damit weder Adam noch er nach draußen können. Im Archiv liegen all die Dinge, die uns die Vorväter hinterlassen haben, mit denen aber niemand mehr etwas anfangen kann. Adam war über diese Abwechslung erfreut und hat sich alles genau angeschaut. Bei den gelben Plättchen wurde er dann aufgeregt. Die gelben Plättchen sind eine große Zahl von quadratischen Scheiben mit einer Kantenlänge von ungefähr einem Zentimeter. Sie sind aus einem gelben Metall, welches ziemlich schwer ist. Keiner hat auch nur die geringste Ahnung für was sie gut sind und so landeten sie im Archiv. Adam hat ihm nun erklärt, dass dieses gelbe Metall mit großer Wahrscheinlichkeit Gold ist und in seiner Welt einen hohen Wert hat. Dazu ist meines Vaters Sohn Kalendian sofort eingefallen, dass es sicher Sinn macht die Scheiben mitzunehmen, wenn er Nalavalmid verlässt, denn damit ist das Geldproblem gelöst. Das war Zufall Nummer eins.
Zufall Nummer zwei war noch toller, denn Adam entdeckte am Ende des Archivs eine Tür und

fragte ihn, wo die wohl hinführt. Da er es nicht wusste, wollten wir nachschauen, doch sie war verschlossen. Da hat meines Vaters Sohn Kalendian eine sehr nützliche Fähigkeit von Adam kennengelernt. Adam lief zurück in unser Zimmer, holte dort ein paar bizarr geformte Haken und hatte im Nu die Tür geöffnet. Das sei so eine Art Zeitvertreib von ihm, erklärte er. Hinter der Tür dann die Überraschung. Auf der anderen Seite war ein Gang, der aus dem Modoromo hinaus führte, aber nicht bewacht war. Sofort sind wir zurück gegangen und er hat die Tür wieder verschlossen. Als wir unseren Raum erreicht hatten, hat meines Vaters Sohn Kalendian ihm seine Bedenken bezüglich seiner Person mitgeteilt. Adam hatte die identischen Bedenken auch schon gehabt, sie aber für sich behalten, um ihn nicht zu beleidigen. Also waren wir uns schnell einig, dass wir in der kommenden Nacht versuchen werden zu fliehen. Während meines Vaters Sohn Kalendian diese Zeilen schreibt, ist Adam bereits dabei so viel Gold, wie möglich zu verpacken, denn das wird uns in seiner Welt vieles erleichtern.

208-1083

Wir haben es geschafft, wir sind in Adams Welt und meines Vaters Sohn Kalendian hat den Himmel gesehen!!
Doch der Reihe nach. In der Ruheperiode nach unserer Entdeckung des Auswegs, haben wir uns auf den Weg gemacht. Wir hatten beide ein schweres Bündel zu schleppen, denn das Gold wog doch verdammt viel. Ganz vorsichtig sind wir marschiert. Meines Vaters Sohn Kalendian immer vorweg, denn er wäre bei einer Begegnung nicht aufgefallen und Adam in sicherem Abstand hinterher. Doch die einziges Leute, denen wir begegneten, waren so weit entfernt, dass es keine Probleme gab. Bald hatten wir uns so deutlich vom Zentrum entfernt, dass ein Zusammentreffen sehr unwahrscheinlich wurde. Nach einem Marsch von ungefähr einer Stunde hatten wir die Stelle erreicht, an der wir uns zum ersten Mal begegnet waren. Von da an musste Adam führen, denn nur er kannte den restlichen Weg. Zum Glück hatte er sich damals Notizen gemacht, die er jetzt rückwärts und verdreht interpretieren musste. Dennoch kamen wir zügig voran und bald stoppte Adam an einer Biegung, hinter der nach seinen Aufzeichnungen der Übergang liegen sollte. Er packte eine Binde aus, die er ohne mein Wissen vorbereitet hatte und sagte, dass meines Vaters Sohn Kalendian diese über die Augen anlegen müsse,

damit sie keinen Schaden leiden durch die ungewohnte Helligkeit. Auch für sich selbst hatte er eine dünnere Binde mitgenommen, denn auch seine Augen hatten sich ja an die Dunkelheit gewöhnt. Für meines Vaters Sohn Kalendian war das etwas überraschend, denn er empfindet es gar nicht als dunkel in Nalavalmid, doch er hat ihm da vertraut. Dann nahm er ihn an der Hand und führte ihn um die Biegung, er musste sich bücken, um durch eine niedrige Tür zu treten und dann war da ein Geruch in der Luft, den er noch nie gerochen hatte. Ganz frisch und erfüllt von tausend Düften, die er nicht kannte. Wir waren auf der Erde, so nannte Adam sein Zuhause.
Überraschend nahm er ihm die Binde ab, denn es war gerade Nacht, die dunkle Tageszeit, wie ihm Adam bereits in Nalavalmid erklärt hatte. Über ihm eine riesige dunkelblaue Kuppel mit einer Überfülle an kleinen Lichtchen, Sterne hießen die auf der Erde. So etwas Schönes hatte meines Vaters Sohn Kalendian noch nie gesehen und konnte bald nur noch verschwommen erkennen, weil er vor Freude weinte. Bestimmt eine Stunde hat er auf dem Rücken gelegen und den Anblick genossen. Davon hatte er geträumt, doch kein Traum war so herrlich, wie die Wirklichkeit.
In der Zwischenzeit hatte Adam die Tür nach Nalavalmid wieder verschlossen und sich einen Plan ausgedacht, wie er die Anwesenheit von meines Vaters Sohn Kalendian im Dorf erklären konnte. E war ein verirrter Reisender aus

irgendeiner fernen Gegend, den er getroffen und unter seine Fittiche genommen hatte. Obwohl meines Vaters Sohn Kalendian mit dem Almurat die hiesige Sprache sprechen und verstehen konnte, sollte er so tun, als würde er nichts verstehen, denn dann musste er keine Fragen beantworten und konnte sich auch nicht in Widersprüche verwickeln oder gar Nalavalmid erwähnen. Er sollte immer nur mit den Schultern zucken, wenn ihn jemand ansprach und dabei lächeln. Wir würden dann möglichst schnell in seine Heimatstadt Frankfurt fahren, denn dort würde meines Vaters Sohn Kalendian weniger auffallen und außerdem hatte er da mehr Möglichkeiten Dinge zu regeln. Was immer das heißen mag.
Als die Sonne aufging musste meines Vaters Sohn Kalendian die Binde anziehen und in den Schatten gehen, denn die Helligkeit wurde unerträglich. Dabei hätte er so gerne die Sonne gesehen. Adam meinte, dass sich seine Augen bis morgen wahrscheinlich eingewöhnt hätten. Deshalb blieben wir den ganzen Tag noch da zur Anpassung und gingen erst abends ins Dorf.

2.9.1815

Endlich kommt meines Vaters Sohn Kalendian mal wieder zum Schreiben bei all den neuen Dingen, die er lernen musste, den neuen Eindrücken, die er verarbeiten musste, den neuen Menschen, die er kennengelernt hat. Auch hat meines Vaters Sohn Kalendian den hier geltenden Kalender übernommen, selbst wenn er ihm sehr wirr erscheint. Das Jahr teilt sich in zwölf Monate, die dann auch noch unterschiedlich viele Tage haben. In Nalavalmid gibt es nur das Jahr und dann die fortlaufenden Tage. Das erscheint meines Vaters Kalendian Sohn weitaus logischer.
Im Dorf gab es eine große Aufregung, als wir erschienen. Die Leute hatten sich bereits Sorgen um Adam gemacht, weil er so lange fort geblieben war. Besonders ein Mädchen weinte vor Freude. Das war Lena, wie Adam ihm erklärte. Das war wohl die Frau mit der er zusammen war, mit der er aber nicht ver-heiratet war und die er auch nicht heiraten wollte. Das gibt es bei uns nicht und wenn es doch passieren würde, dann müssten die beiden doch heiraten. Merkwürdige Sitten auf der Erde.
Adam musste dauernd wieder unsere Geschichte erzählen, wie er meines Vaters Sohn Kalendian gefunden hat, wo wir in all den Tagen waren und was wir jetzt tun würden. Meines Vaters

Sohn Kalendian saß die ganze Zeit dabei, hat freundlich gelächelt und getan, als ob er nichts verstehe. Schon am nächsten Tag sind wir nach Frankfurt aufgebrochen, was diese Lena sehr traurig gemacht hat. Adam hat ihr aber versprochen, dass er zurück kommt, wenn er mein weiteres Schicksal geklärt hat.

Inzwischen sind wir in Frankfurt und ich bin jetzt auch ein Frankfurter und heiße Karl Lendian. Geboren bin ich in Jekaterinburg als Nachkomme deutscher Auswanderer, habe aber inzwischen einen deutschen Pass, der in Hamburg ausgestellt wurde. Auch bin ich nicht mehr „meines Vaters Sohn Kalendian". Da ich jetzt mit den Leuten rede, hat Adam mir geraten diesen Ausdruck zu vermeiden, weil der auf der Erde nicht üblich ist und Aufsehen erregt. Das ist mir am Anfang sehr schwer gefallen, denn in Nalavalmid sind alle Kinder „ihres Vaters Sohn oder Tochter" bis sie heiraten. Manchmal rutscht mir es auch heute noch heraus, es passiert aber immer seltener. Ein kleiner Teil des Goldes liegt auf verschiedenen Banken, wo Adam und ich jeweils ein gemeinsames Konto haben. Dadurch habe ich jederzeit ausreichend Geld. Ich habe sehr schnell gelernt, dass Geld hier sehr wichtig ist. Den Rest des Goldes habe ich in meinen Sachen versteckt, falls ich mal schnell weg muss, ohne vorher zur Bank zu können.
Auch eine eigene Wohnung hat meines Vaters Sohn Kalendian inzwischen und verblüfft seine

Nachbarn mit seinem perfekten Deutsch, das er von seinen Eltern gelernt und in Hamburg geübt habe. Das seine Eltern Almurat heißen, hat er natürlich niemand erzählt.

Jetzt bin ich doch wieder „meines Vaters Sohn" gewesen, aber ich arbeite daran.

Auch komplett neu eingekleidet bin ich, sodass ich auf der Straße kaum noch auffalle. Die Ohren verstecke ich unter den Haaren, der Teint fällt jetzt im Sommer nicht so auf, und die Augen sieht man nur aus der Nähe. Bei uns in Jekaterinburg sehen viele so aus, wie ich, sage ich jedem, der fragt. Das geht so lange gut, wie ich niemand treffe, der Jekaterinburg persönlich kennt.

Da ich nicht arbeite, habe ich genügend Zeit, die Stadt zu erforschen und dabei immer wieder den Himmel zu betrachten. Auch jetzt kann ich mich immer noch nicht daran satt sehen, besonders der Sternenhimmel in klaren Nächten treibt mir noch häufig die Tränen in die Augen. Wenn die anderen Valmider wüssten, was sie verpassen.

All das konnte nur geschehen, weil Adam seine Möglichkeiten genutzt hat und er wird mich nach und nach in diese Möglichkeiten einweihen, damit ich mir sogar selbst helfen kann, wenn er mal nicht da ist.

Jetzt klingelten bei Robert alle Alarmglocken. Dieser Kalendian oder jetzt Karl Lendian hatte das restliche Gold in seinen Sachen versteckt. War eventuell nach dieser langen Zeit noch etwas übrig von dem Gold? Und war von diesem Rest vielleicht sogar etwas in dem Tornister versteckt? Dieser Frage lohnte es sich nachzugehen. Also holte er den leeren Tornister wieder heraus und untersuchte ihn auf das Genaueste. Aber da war nichts. Doch die Rücken- und Seitenteile waren sehr starr, da könnte etwas zwischen den Lagen sein. Als er bereits überlegte, wie er die Nähte auftrennen könnte, ohne den Tornister zu stark zu beschädigen, entdeckte er innen am Boden kleine Lederschlaufen, sowohl an den Seitenteilen, als auch am Rücken. Mit den Fingern ließen sich die Schlaufen nicht fassen, dafür waren sie zu klein. Also holte er einen Kleiderbügel aus dem Schrank und schraubte den Haken ab. Damit ging es dann, er konnte einhaken, zog, zog fester und plötzlich klappte ein Teil der Rückwand nach vorne. Darunter erschien eine Art Lederetui, das er herausnahm und öffnete. Kleine quadratische gelbe Scheiben! Er hatte das Gold gefunden. Da wo er das Etui herausgenommen hatte, war ein weiteres nachgerutscht und als er das herausnahm folgte noch eins. Insgesamt kamen aus der Rückwand vier breite Etuis zum Vorschein und aus den Seitenwänden jeweils vier schmale Etuis. Und alle enthielten sie Goldplättchen, insgesamt zwölfhundert Plättchen. Er hatte vom Zählen Schweiß auf der Stirn und auch von der Vorstellung, wie viel die wohl wert sein könnten. Schnell packte er sie wieder ein, verstaute die Etuis erneut im Tornister und schloss die Klappen. Hier in diesem alten Tornister waren sie am sichersten, falls jemand in seine Wohnung einbrechen würde. Danach geisterte eine weitere Idee durch seinen Kopf. Es könnte ja sein, das Karl Lendian in seiner Frankfurter Wohnung noch mehr von diesen Plättchen versteckt hatte. Er würde also nach Frankfurt fahren und herausfinden, ob an der letzten Passadresse eine Türschild „Karl Lendian" zu finden war und ob da die Schlüssel passten. Aber zuerst hatte er Hunger nach der ganzen Aufregung. Deshalb besuchte er seinen Lieblingschinesen, machte ein wenig chinesischen Smalltalk mit dem Schalter-Chinesen, dem Almurat sei Dank und schmauste dann zuhause erst einmal ausgiebig. Danach war er so müde, dass er beschloss vordringlich die Matratze abzuhorchen. Für heute hatte er genug Nalavalmid und morgen war ja auch noch ein Tag.

Am nächsten Tag beschloss Robert erst einmal weiter zu lesen, Frankfurt konnte warten. Die nächsten Seiten waren wenig interessant, denn das was Karl Lendian in Frankfurt spannend fand, dass war für Robert nur eine ganz nette Beschreibung der Lebensumstände am Anfang des neunzehnten Jahrhunderts. Er begann also quer zu lesen. Immerhin lernte er, dass es bereits damals in Frankfurt eine Unterwelt gab, die Pässe besorgen konnte, dass sich auch damals mit Bestechung fast alles regeln ließ. Kalendian war ein gelehriger Schüler und bewegte sich in relativ kurzer Zeit problemlos in diesem Umfeld. Doch dann begannen sich die Tagebucheinträge zu verändern und Robert nahm sein genaues Studium wieder auf.

3.5.1820

Heute habe ich mich endlich dazu durchgerungen mit Adam zu reden. Seit Monaten habe ich Heimweh nach Nalavalmid und meiner Familie. Es gefällt mir hier immer noch sehr gut, doch in dieser Welt bleibe ich halt ein Fremder. Entgegen meiner Befürchtungen hat Adam sehr viel Verständnis gezeigt und sogar zugegeben, dass er sich schon gewundert hatte, dass ich damit nicht früher gekommen bin. Er reise zwar auch für sein Leben gerne, doch Mittelpunkt bleibe immer die Familie, zu der man zurückkehrt. Aufgrund dessen haben wir angefangen Pläne zu schmieden, wie er mit mir zum Übergang reisen und mich dort abliefern könnte. Dabei wollte er auch Lena wiedersehen, der er ja versprochen hatte zu kommen. Inzwischen waren aber bereits Jahre vergangen ohne, dass er Wort gehalten hatte. Das verursachte ihm schon ein schlechtes Gewissen. Außerdem hat er klar gestellt, dass er davon ausgeht, dass ich ihn auch ab und zu besuchen komme, wenn er mich zurück bringt. Inzwischen sei ich auch bereits Teil seiner Familie. Darüber habe ich mich so gefreut, dass ich geweint habe.

6.6.1820

Adam hat im Geschäft alles geregelt und kann jetzt vier Wochen frei nehmen. Das sollte reichen, um in die Alpen zu fahren, mich am Übergang abzuliefern und nach Frankfurt zurück zu kehren. Morgen früh fahren wir schon los und ich bin so aufgeregt, dass ich kaum packen kann. Von meinem Geld nehme ich reichlich mit, damit ich gewappnet bin für die Rückkehr, denn dann bin ich ja erst einmal auf mich selbst gestellt. Mein restliches Gold bleibt in meiner Wohnung, die Adam später auflösen wird und dann alle Dinge so deponiert, dass ich darauf zugreifen kann, wenn ich komme und er nicht da ist. Auch einen neuen Pass habe ich mir selbst besorgt, damit der noch möglichst lange Gültigkeit hat. Nalavalmid ich komme!

16.6.1820

Heute sind wir im Dorf angekommen und übernachten im Gasthof. Was war das für eine Aufregung. Der Herr Schriftsteller war zurückgekommen. Alle wollten wissen, ob sein Buch ein Erfolg gewesen ist und ob er eins mitgebracht hätte zum Anschauen. Adam musste eine Menge improvisieren, um uns nicht zu verraten. Offiziell sind wir hier, um nach Spuren meiner Herkunft zu suchen und mir so vielleicht die Rückkehr zu ermöglichen. Das ist dann auch gleich die Erklärung, wenn ich plötzlich weg bin. Morgen früh geht es hoch zur Kapelle. Adam hat alles dabei. Lagebeschreibung, Schlüssel und Schließanleitung. Damit sollten wir in kürzester Zeit meine Heimkehr geregelt haben. Am längsten dauern wahrscheinlich die Vor-sichtsmaßnahmen, damit uns keiner sieht. Eine große Enttäuschung gab es allerdings, denn Lena war nicht mehr da. Der Wirt erzählte, dass sie drei Jahre auf Adam gewartet hatte und dann enttäuscht und traurig fortgegangen war. Auch Maria, seine Tochter, war inzwischen bei Verwandten in Wien, wo sie eine bessere Schule besuchte.

17.6.1820

Was für ein Reinfall. Die Tür ist wie vom Erdboden verschwunden. Genau nach Adams Lagebeschreibung haben wir von der Kapelle aus die Richtung angepeilt und dann die Entfernung gemessen. Doch dort, wo die Tür hätte sein müssen, war ein Abgrund. Adam hat keine Erklärung, denn beim letzten Mal hat er die Tür ja sofort gefunden. Jetzt sitzt er und studiert seine Aufzeichnungen, um den Fehler zu finden. Auf jeden Fall gehen wir morgen wieder raus und suchen weiter.

20.6.1820

Adam ist tot!!!! Am 18. sind wir gleich morgens zur Kapelle, haben alle Peilungen wiederholt und sind erneut an diesem Abgrund gelandet. Als Adam über die Kante schaute, um zu sehen, ob dort etwas zu erkennen war, hat er den Halt verloren und ist abgestürzt. Die Wand ist dort so hoch, dass ich kaum noch seinen Körper erkennen konnte, der zerschmettert da unten lag. Bestimmt eine Stunde lag meines Vaters Sohn da an der Kante und war wie gelähmt. Immer wieder habe ich hinab geschaut in der unsinnigen Hoffnung, dass der kleine Körper da in der Tiefe plötzlich wieder aufstehen und mir zuwinken möge. Dann bin ich ins Dorf gerast und habe im Gasthof Alarm geschlagen. Sofort wurde ein Trupp zusammengestellt, der Adam bergen sollte. Ich musste mit, da ja nur ich die genaue Stelle kannte. Das war ein schwerer Gang und ich konnte dann nicht mehr über die Kante schauen. Der Trupp hat mich danach in den Gasthof zurück geschickt und sich an den Abstieg gemacht. Am Abend sind sie endlich ins Dorf gekommen und haben Adams Leiche in der Kirche aufgebahrt. Mir haben sie verboten ihn noch einmal zu sehen, denn ich solle ihn so in Erinnerung halten, wie ich ihn gekannt habe. Die letzten zwei Tage habe ich nur geweint und heute bei der Beerdigung wäre ich beinahe in die Grube gestürzt.

22.6.1820

Jetzt ist es endgültig. Ich habe den Totenschein von Adam. Auch bei der Gendarmerie habe ich meine Aussage gemacht. Sie haben sich meinen Pass angeschaut, das Protokoll habe ich unterschrieben und dann auch noch die Quittung für Adams Sachen, die ich mit zurück nach Frankfurt nehmen darf. Die Rückreise wird schwer so alleine, noch schwerer wird es die Nachricht Adams Familie zu überbringen. Zwar kenne ich sie nur flüchtig, doch so eine Nachricht würde ich selbst einem Fremden nicht gerne zustellen. Auch mein Leben wird sich grundlegend ändern, denn ich habe meine einzige Bezugsperson in dieser Welt verloren. Für mich gibt es eigentlich nur einen Weg und der führt zurück nach Nalavalmid. Nur muss ich ihn erst einmal finden.

Von hier ab wurden die Abstände zwischen den Eintragungen im Tagebuch immer größer und beschäftigten sich fast nur noch mit zwei Themen.

Zum Einen die Suche nach dem Übergang nach Nalavalmid, die er immer wieder aufnahm. Auch wenn er keinen Schritt weiter kam, klammerte er sich doch an diese Hoffnung. Und das diese Hoffnung nie erfüllt wurde, das wusste Robert ja.

Zum Anderen hatte er in regelmäßigen Abständen das Problem, dass er laut Pass zu alt wurde. Dann besorgte er sich einen neuen Pass, der ihn mindestens zwanzig Jahre jünger machte. Mit diesem Pass legte er dann bei neuen Banken Konten an und transferierte mit seinem alten Pass sein Geld dorthin. Außerdem zog er jedes Mal um in ein weit entferntes Viertel, wo ihn niemand kannte. Außerdem veränderte er noch sein Aussehen, indem er sich in einem anderen Stil einkleidete, einen Bart wachsen ließ oder abnahm und wenn es doch einmal zu einer Konfrontation kam, war der andere Karl Lendian einfach sein Vater, von dem er seinen Vornamen geerbt hatte. Das eingespielte Verfahren hatte nur eine Unterbrechung von 1933 bis 1946. Als er die politische Entwicklung erkannte, hatte er frühzeitig sein Geld in die Schweiz transferiert und war als jüdischer Emigrant in die Schweiz gezogen. Mit einen großen Schweizer Bankguthaben, war ihm auch das ohne allzu große Mühe gelungen. Dann war er zurück gekommen, denn Frankfurt war seine Heimat in dieser Welt. Und alles war wieder seinen gewohnten Gang gegangen. Auch in der Bundesrepublik konnte man mit Geld und guten Kontakten vieles regeln.

Robert legte die letzte Tagebuchseite zurück auf den Tisch. Jetzt wusste er all das über Kalendian Lichthüter und Karl Lendian, was sein Tagebuch erzählen konnte. Was für ein

Leben. Sorgfältig packte er alle Seiten wieder in den Umschlag und legte ihn in den Tornister.

Am nächsten Tag war er am späten Vormittag unterwegs nach Frankfurt. Früher zu fahren wäre wegen des Berufsverkehrs nicht angeraten gewesen. Sein Navi steuerte ihn zuverlässig an sein Ziel, allen Einbahnstraßen zum Trotz und ganz in der Nähe fand er sogar einen Parkplatz. Wenn das kein gutes Omen war. Und es war ein gutes Omen. Im ersten Stock wies die Klingel einen Karl Lendian aus, der eine Schlüssel passte an der Haustür, im Vorbeigehen leerte er den Briefkasten, der zwar einen Aufkleber „Keine Werbung" hatte, trotzdem aber mit Werbung gefüllt war und auch die Wohnungstür ließ sich problemlos öffnen. Vorsichtig trat er ein und schloss die Tür hinter sich. Schnell hatte er sich einen Überblick verschafft. Es war eine 2ZKB-Wohnung, zwei kleine Zimmer, eine noch kleinere Küche, eher eine Kochnische mit separatem Eingang und ein kleines Duschbad. Die Zimmer waren spartanische eingerichtet und ließen jede persönlich Aura vermissen. Hier hatte sich niemand zuhause gefühlt. Es hingen keine Bilder an der Wand, keine Blumentöpfe standen am Fenster, keinerlei Deko-Sachen, Erinnerungsstücke oder sonstiger Firlefanz erzeugten ein Ambiente. Karl Lendian hatte hier nur gehaust, nicht gewohnt. Einzig ein Bücherregal mit vielen Büchern verbreitete etwas persönliche Atmosphäre und als Gipfel der Extravaganz standen darauf auch noch zwei große Porzellan-Buchstützen in Drachenform. Interessiert ließ Robert seinen Blick über die Titel schweifen. Fast alles Science Fiction und Fantasy über Raumfahrt und fremde Welten, das passte.

Aber er war ja nicht hier, um den Lesegeschmack von Kalendian zu erforschen, sondern um eventuell noch vorhandenes Gold zu retten, denn diese Wohnung würde über kurz oder lang geräumt werden, wenn die Mietschulden groß genug waren und der Mieter nicht mehr zu erreichen war. Wo also sollte er suchen? Am Besten erst einmal im Keller, da wurden gerne Sachen versteckt. Also ging er runter in den Keller und fand auch bald die passende Box mit der Markierung 1OG-L. Aufschließen brauchte er aber nicht, denn er konnte auch durch das Lattengitter die gähnende Leere erkennen. Also wieder hoch in den ersten Stock und dabei nachgedacht. Wo würde ein Mann sein Gold verstecken, der den Rest in den Tornister gepackt hatte? Er durchforschte die Küchenschränke mit ihren Packungen und Dosen, aber Fehlanzeige. Danach kamen die Bücher an die Reihe, war doch in manchen Krimis von ausgehöhlten Büchern die Rede, doch auch hier kein Erfolg. Dann kam ihm der Zufall zu Hilfe. Beim Bücher Durchsuchen wollte er die Buchstützen zur Seite schieben und bemerkte deren hohes Gewicht. Das war nicht normal, denn üblicherweise waren diese Dinger hohl. Er drehte eine um und sah, dass sie einen Boden aus Pappe hatte, der mit starkem Packband befestigt war. Mit einem Messer aus der Küche ritzte er den Boden am Rand rundherum ein und fand darunter etliche Beutelchen. Bingo!! Ein kurzer Blick in einen Beutel bestätigte das, lauter Goldplättchen. Auch der andere Drache war so präpariert. Er verzichtete hier erst einmal auf das Zählen, sondern verstaute die Beutelchen in seinem Rucksack. Die Drachen wanderten auch in den Rucksack, als Erinnerung. Dann verschloss er die Wohnung wieder ordentlich und deponierte die Schlüssel unten im Briefkasten. Er sah keinen Grund, warum er hier erneut herkommen sollte.

Zuhause angekommen zählte er dann die Plättchen, wog ein Plättchen auf seiner Briefwaage und multiplizierte mit dem aktuellen Goldpreis. Zusammen mit den Plättchen aus dem Tornister kam er auf über zweihunderttausend Euro. Und das war der Rest nach fast zweihundert Jahren. Alle Achtung!! Entweder hatte Kalendian gut gewirtschaftet oder die beiden hatten damals wirklich schwer geschleppt bei der Flucht. Wie dem auch sei, er verpackte die Plättchen wieder in den Buchstützen und positionierte sie dekorativ auf seiner Fensterbank rechts und links neben dem großen Kaktus. Das Gold benötigte er vorerst nicht, denn sein Bankkonto war erfreulicherweise gut gefüllt. Davon würde er seine Expedition mühelos finanzieren können, denn natürlich würde er zurück in die Berge fahren und nach dem Eingang zu Nalavalmid suchen und das so schnell, wie möglich. Da er keinerlei Zusagen für irgendwelche Jobs gegeben hatte, meinte „so schnell, wie möglich", möglichst morgen. Ein Anruf im Gasthof bescherte ihm ein reserviertes Zimmer, denn man erinnerte sich an ihn. Dann packte er zwei Rucksäcke, einen großen für die Wechselkleidung und einen kleinen für die Touren. In den kleinen steckte er die Lagebeschreibung, die Schließanleitung, alle Pässe von Karl Lendian und den Schlüssel. Die Pässe nahm er mit, weil er mindestens einen davon zufällig bei einer Wanderung finden wollte. Dadurch würde er dann offiziell den Namen des Greises kennen und konnte ihm, wie versprochen einen Grabstein setzten. Zusätzlich packte er noch einen Kompass, zwei große Wasserflaschen, eine helle Taschenlampe und eine Stirnlampe mit Ersatzbatterien und jede Menge Energieriegel. Diese Dinge hatte er immer vorrätig, wegen seine Wandertouren. Danach gönnte er sich einen dicken Döner, wässerte seine Kakteen, stellte den Wecker und ging zu Bett.

Die Reise in die Alpen verlief ereignislos und so war er jetzt wieder in dem Dorf und in dem Gasthof. Seinen abgebrochenen Urlaub wolle er nachholen, erzählte er dem Wirt und damit wusste es das ganze Dorf. Gleich morgen wollte er seine erste Wanderung unternehmen hatte er dem Wirt erzählt und ein Vesper-Paket bestellt.

Eine Überraschung hatte es beim Abendessen gegeben, eine neue Bedienung. Annegret, so hatte sie sich vorgestellt, war jung, bildhübsch und genau sein Geschmack. Es war ihm schwer gefallen, sich auf das Abendessen zu konzentrieren. Immer wieder folgten seine Blicke diesem schönen Bild. Jetzt war er auf seinem Zimmer und grübelte über das Vorgehen mit den Pässen. Der beste Weg war, wenn er den ältesten Pass nahm, denn dann würde jedem gleich klar sein, dass damit etwas nicht stimmte und vielleicht würde es deshalb keine weiteren Nachforschungen geben. Die Sache mit dem Grabstein wollte er geregelt haben, bevor er mit der Suche nach der Tür begann. Mit diesem Gedanken legte er sich ins Bett, schlief ein und.

Am nächsten morgen war er schon früh gestartet und hatte den Moment genossen, als die Sonne über die Berge stieg. Das war immer wieder ein tolles Erlebnis. Der Weg zu der Stelle, wo er Kalendian gefunden hatte, war kein Problem gewesen, kein einziges Mal hatte er sich verlaufen. Er hatte sich an besagten Felsen gesetzt und sich noch einmal durch den Kopf gehen lassen, wie sehr sich sein Leben seit damals verändert hatte. Karl Lendian und Adam Hobeleisen kamen ihm bereits fast wie Familienmitglieder vor. Danach vesperte er in Ruhe, damit die Zeit etwas verging und wanderte dann zurück ins Dorf. Dem Wirt erzählte er, dass er sich die Stelle noch einmal angeschaut hatte, wo er auf den Greis getroffen war. Dabei hatte er dann halb versteckt unter einem Felsen den Pass gefunden, ein Pass von einem Karl Lendian, der dem Bild nach wohl der Greis war. Danach war er mit dem Pass zur Gendarmerie-Station gegangen, hatte ihn dort abgeliefert und auch da seine Geschichte erzählt. Er hatte sich noch die Daten auf einen Zettel schreiben lassen, also das Geburtsdatum aus dem Pass und das Datum, als er den Greis gefunden hatte. Als fiktives Todesdatum für den Grabstein, den er setzten lassen wolle, jetzt wo man den Namen kannte, hatte er dem Polizisten erklärt. Der fand das sehr nobel von ihm und hoffte, dass der Steinmetz ihm dafür einen Sonderpreis machen würde. Er hatte ihm auch gleich die Telefonnummer des Steinmetzes gegeben, denn der wohnte ein Dorf weiter. Dort hatte er danach gleich angerufen und für morgen einen Termin ausgemacht, um Stein und Beschriftung zu klären. Das hatte die Frage aufgeworfen, wie pompös der Stein gestaltet werden sollte. Geld hatte Karl Lendian ja genug, aber das wusste keiner außer ihm. Es konnte leicht Misstrauen erregen, wenn er da übertrieb. Also entschied er sich für eine möglichst schlichte Version und eventuell kam ihm der Steinmetz ja tatsächlich preislich entgegen und mit der Begründung konnte er dann etwas Feineres wählen. Er würde in jedem Falle einen Stein wählen, der auf Lager war und so stark Druck machen, dass er noch im Laufe seines Aufenthalts fertiggestellt und auf dem Friedhof gesetzt wurde. Er wollte sehen, wie der Stein auf dem Friedhof stand mit Kalendians irdischem Namen, er hatte es versprochen.

Beim Abendessen überlegte er angestrengt, wie er mit Annegret ins Gespräch kommen könnte. Und während er so überlegte, fiel ihm auf, dass sie so einen leichten hessischen Klang in der Stimme hatte, wie er ihn aus Darmstadt kannte. Das war der Anknüpfungspunkt und als sie sein Getränk brachte, fragte er, ob er ihren Akzent als Hessisch richtig einordnete.

„Dess klingt Hessisch, weil ich alldieweil aus Hesse bin", war ihre lachende Antwort. Da nahm er seinen ganzen Mut zusammen und fragte, ob sie vielleicht mal Zeit für ein Treffen habe, weil er in Darmstadt wohne und Hessen in der Fremde ja zusammenhalten müssten.

„Aus Darmstadt, das ist aber ein Zufall, da wohne ich nämlich auch, weil ich e echt Heinermädche bin". Und schon hatte er eine Verabredung für den nächsten Morgen um zehn Uhr, denn morgens hatte Annegret frei.

An diesem Abend schlief er mit einem seligen Lächeln ein.

Das Treffen mit Annegret am nächsten Morgen hielt weitere Überraschungen für ihn bereit. Annegret half bei entfernten Verwandten aus und verdiente sich damit in den Semesterferien etwas Geld dazu. Sie studierte nämlich in Darmstadt Informatik und fand es ganz toll, als sie hörte, dass er auch Informatiker war. Sie wollte wissen, wie sich das Berufsleben als Informatiker so anfühlte und sein Arbeitsstil als Freelancer war genau das, was ihr so vorschwebte. Viel Arbeit und dann viel Zeit für Unternehmungen, das würde ihr auch gefallen. Und als sie gegen Mittag zur Arbeit musste, hatte er schon eine neue Verabredung für den kommenden Tag.

Nachmittags suchte er dann den Steinmetz auf. Er musste ihm nicht viel zu erklären, der kannte die Geschichte bereits inklusive dem Auffinden des Passes. Hier oben verbreiteten sich Neuigkeiten schnell. Auch musste Robert nicht handeln, denn der Steinmetz bot ihm sofort an, dass er nur das Material und seinen Gehilfen in Rechnung stellen wolle, seine eigene Arbeit sei kostenlos. Wegen der Pluspunkte im Himmel, fügte er augenzwinkernd hinzu. Der Stein war ebenfalls schnell gefunden, der war ihm schon bei seiner Ankunft ins Auge gefallen. Ein helleres Grau mit altrosa Einsprenkelungen in Blütenform, den Namen, den ihm der Steinmetz nannte hatte er nach wenigen Sekunden bereits wieder vergessen. Der war zwar etwas teurer, aber den wollte er haben. Wegen der Pluspunkte im Himmel, fügte er verschmitzt hinzu. Da der Stein bereits komplett bearbeitet war, stand nur noch die Beschriftung an. Da sie ja nichts über diesen Karl Lendian wussten, einigten sie sich auf „Hier ruht Karl Lendian" und dann das Geburtsdatum und das Todesdatum. Da Robert zur Zeit der einzige Kunde des Steinmetzes war und der auch auf seiner Landwirtschaft im Moment nicht so viel zu tun hatte, versprach er ihm eine Fertigstellung binnen einer Woche. Wegen weiterer Pluspunkte im Himmel, fügte er mit einem spitzbübischen Lächeln hinzu. Damit waren sie sich einig, Robert machte eine Anzahlung und dieser Teil seines Aufenthaltes war erst einmal erledigt.

Am nächsten Morgen hatte er ja eigentlich mit der Suche beginnen wollen, aber das ging nicht, weil er plötzlich eine Verabredung hatte. Der Vormittag mit Annegret war wunderbar, aber viel zu kurz. Es gab eine Menge zu erzählen. Sie waren vollkommen auf einer Wellenlänge, was die Erwartungen an das Leben anging. Annegret überlegte bereits, wie sie ihren Abschluss beschleunigen könne, um möglichst bald mit der Arbeit, noch viel mehr aber mit den Abenteuerreisen beginnen zu können. Und sie tauschten schon mal ihre Adressen in Darmstadt aus. So für alle Fälle. Dabei gleich noch eine positive Überraschung, denn Annegret wohnte bei ihm um die Ecke in einer Wohngemeinschaft mit zwei Studentinnen. Den Kontakt zu halten würde also nicht so schwierig sein.
Das Leben ist manchmal doch richtig nett zu einem.

Am Nachmittag begann er dann mit seiner Suche. Die Kapelle war einfach zu finden, denn er hatte den Wirt nach einer Kapelle gefragt, von der er gehört hatte. Der hatte ihm eine genaue Wegbeschreibung gegeben, mit deren Hilfe das Finden ein Kinderspiel war. Es handelte sich um die Kapelle der heiligen Maria der Bergrettung, die sehr alt war und in der Bevölkerung hohes Ansehen genoss. Das passte.
Vor der Kapelle stand eine Bank, auf die er sich gesetzt hatte, um sich vorab einen Überblick zu verschaffen. Mit der Richtungsangabe in der Lagebeschreibung und dem Kompass peilte er einen auffälligen Felsen an, der ihm als Fixpunkt dienen sollte. Der lag nicht ganz auf dem Kurs, aber nahe genug daran für einen ersten Versuch. Er erhob sich und begann auf den Felsen zu zu laufen, wobei er akkurat die Schritte zählte, hundert-siebzehn sollten es werden. Allerdings, wie lange war ein Schritt? War Adam Hobeleisen groß oder eher klein gewesen? Er wusste es nicht, also würde er würde ausprobieren müssen. Doch das erübrigte sich, denn bereits nach achtundsiebzig Schritten, war er am Felsen angelangt und dahinter nur ein gähnender Abgrund. Offenkundig der Abgrund, in den Adam Hobeleisen gestürzt war. So sehr er sich auch umschaute, er konnte in größerem Umkreis nichts entdecken, was der Wand entsprach, die Adam beschrieben hatte und die die Tür enthalten sollte. Das machte ihn ratlos, so weit waren Karl und Adam damals wohl auch gewesen. Nun erst einmal zurück zur Bank und nachdenken. Doch auch bei noch so langem Grübeln fiel ihm nichts ein. Die Skizze war eindeutig, an der Kapelle war von Norden aus ein Richtungswinkel angegeben. Da gab es nichts zu deuten. Um seinen Frust abzubauen machte er einen langen Rundgang und kam erst abends wieder ins Gasthaus. Dort verbesserte allerdings der Anblick von Annegret sofort seine Laune.

Der nächste Morgen gehörte wieder Annegret und sie schmiedeten schon Pläne, wie Robert ihr mit seinen Kontakten den Einstieg ins Freelancer-Dasein erleichtern würde, wie sie ihre Arbeitszeiten synchronisieren würden, um dann gemeinsam die spannendsten Abenteuerreisen zu unternehmen. Das ganze besiegelten sie dann mit ihrem ersten Kuss, mehreren, um ehrlich zu sein.

Von Nalavalmid erzählte Robert ihr aber lieber noch nichts, aus Angst sie könnte ihn für verrückt halten. Denn noch vor wenigen Wochen hätte er auch jeden für verrückt gehalten, der ihm so eine Geschichte erzählt hätte.

Früh am Nachmittag war er wieder in Sachen Nalavalmid unterwegs. Nachts hatte er einen Einfall gehabt. Wer sagte denn, dass der Winkel im Bezug auf Norden angegeben war? Es konnte auch Süden, Westen oder Osten sein. Außerdem hatte er gestern aus Gewohnheit am Kompass Neugrad abgelesen, dabei mussten es Altgrad sein, denn Neugrad hatte es damals noch nicht gegeben. Er hatte also noch diverse Möglichkeiten und die würde er heute durch-testen.
Vesperbrote hatte er genug dabei.
Winkel in Altgrad gegen Norden und hundert-siebzehn Schritte: Abgrund.
Winkel in Altgrad gegen Süden und hundert-siebzehn Schritte: Wiese, kein Fels weit und breit.
Winkel in Altgrad gegen Westen und hundert-siebzehn Schritte: Geröllhang, kein Fels weit und breit.
Winkel in Altgrad gegen Osten und hundert-siebzehn Schritte: Geröllhang, kein Fels weit und breit.
Das war frustrierend. Irgendetwas hatte er übersehen. Die Skizze war in keinem Fall verkehrt, denn Adam hatte damit ja mindestens einmal die Tür gefunden. Was hatten Adam, Karl und er nicht beachtet?
Wieder ein langer Frust-Marsch bis zum Abendessen mit anschließender Aufmunterung durch Annegrets Anblick. Nichts konnte so negativ sein, dass dieser Anblick es nicht ins Positive gewandelt hätte.

Auch früh am folgenden Nachmittag nach eine wunderbaren Vormittag mit Annegret, war er erneut unterwegs, denn die Nacht hatte einen neuen Einfall gebracht. Wer sagte denn, dass der Winkel im Bezug auf eine Himmelsrichtung angegeben war? Es konnte auch ein Kante der Kapelle als Bezug gedient haben. Das gab zwei weitere Möglichkeiten.
Winkel in Altgrad gegen die Vorderseite und hundert-siebzehn Schritte: auch hier Abgrund.
Winkel in Altgrad gegen die Seitenwand und hundert-siebzehn Schritte: der altbekannte Geröllhang.
Wie hatte Kalendian das all die Jahre ausgehalten? Er war jetzt bereits kurz vorm Explodieren. Wahrscheinlich war das auch eingebildet von ihm zu glauben, dass er das lösen konnte, was Kalendian in fast zweihundert Jahren nicht gelungen war. Und der hatte ja sogar bei der Flucht die Gegend persönlich gesehen.
Also auf ein Neues, Frust-Marsch bis zum Abendessen. Wenn das so weiter ging, kannte er die nähere Umgebung bald wie seine Westentasche. Nach dem Abendessen dann ein überraschender Besuch von Annegret auf seinem Zimmer, der sich bis zum Morgen und ihrer täglichen Verabredung hinzog.
Nichts konnte so negativ sein, dass . . . . .

In der Nacht hatte er wegen der Umstände keinen neuen Einfall gehabt, so entschied er heute eine Pause einzulegen und zu Fuß ins Nachbardorf zu gehen, um mal nach dem Grabstein zu schauen. Das war ein ordentlicher Marsch, mit Auto war das ein Katzensprung gewesen.

Der Steinmetz hatte den Stein bereits aufgebockt und auch den Schriftzug schon aufgezeichnet. Es erforderte immer ein wenig Ausprobieren, bis ein Schriftzug so saß, dass es harmonisch wirkte und da er gerade da war, konnte auch Robert noch sein OK dazu geben. Morgen würde sein Gehilfe mit dem Schlagen der Buchstaben beginnen, der hatte die schönere Handschrift sagte der Steinmetz augenzwinkernd. Alles sei im grünen Bereich und der Termin stehe felsenfest. Bis zum nächsten Bergrutsch, ergänzte er mit einem breiten Grinsen.

Nach dem Hin und Her zwischen Frust und Seligkeit der letzten Tage, hatte Robert heute nur begrenzte Begeisterung für solche Witzchen. Er rang sich also ein gequältes Lachen ab und machte sich auf den Heimweg. Ursprünglich war sein Plan gewesen beim Steinmetz zu vespern, doch das erledigte er in Anbetracht der Umstände lieber unterwegs.

Zwar hatte die Nacht keinen neuen Einfall gebracht, aber nach einer schönen Nacht und einem schönen Vormittag mit Annegret, saß er trotzdem auf der Bank vor der Kapelle, in der Hoffnung, dass der „Spiritus Loci", der Geist des Ortes ihn erleuchten möge. Doch kein Geistesblitz stellte sich ein, dafür aber echter Blitz und Donner mit einem dieser Berggewitter aus dem Nichts. Erst stellte er sich in den Eingang, in der Hoffnung, dass es bald vorbei sei. Dann setzte er sich an die Wand neben den Altar, weil der Wind den Regen in den Eingang peitschte. Als er so da saß und dem Naturkonzert lauschte, fiel sein Blick auf eine Inschrift an der Wand.
  Kapelle der Heiligen Maria der Bergrettung
  Verschwunden mit dem Felssturz vom
  3. Mai 1816
  Wieder aufgebaut an neuer Stelle
  und geweiht am
  7. September 1818
Robert war wie vom Donner gerührt und Donner schallte auch passend von draußen herein. Das war das fehlender Puzzle-Teil, das war das Detail, das Adam, Karl und er übersehen hatten. Das war nicht die Kapelle, auf der Adam seinen Lageplan aufgebaut hatte, diese Kapelle gab es nicht mehr. Kein Wunder, dass die Richtungs- und Entfernungsangaben ins Nirvana führten. Da die Kapelle immer nur als Bezugspunkt gedient hatte, war wohl keiner von ihnen je auf die Idee gekommen, mal in die Kapelle zu gehen und die Inschrift zu lesen. Da musste schon ein Gewitter nachhelfen. War das doch der „Spiritus Loci", der hier eingegriffen hatte? Gleich heute Abend würde er beim Essen das Gespräch auf die Inschrift bringen und versuchen herauszufinden, wo die alte Kapelle gestanden hatte.

Das Gespräch beim Abendessen hatte ihn nicht wirklich weiter gebracht, denn der Wirt kannte zwar die Geschichte der Kapelle mit Felssturz und Wiederaufbau, hatte aber keinerlei Vorstellung, wo die alte Kapelle gestanden haben könnte. Er befragte dazu alle Einheimischen, die in den Gasthof kamen, ohne Erfolg. Das war bereits viel zu lange her, meinte er.
Also hatte Robert sich heute nach dem Mittagessen wieder auf den Weg zur Kapelle gemacht mit der vagen Hoffnung, dass der Geist der Kapelle ihm erneut helfen könnte. Als er die letzte Steigung zur Kapelle in Angriff nahm, bemerkte er zu ersten Mal, dass die neue Kapelle an einen Felshang gebaut war. Kein großer Felshang, aber immerhin überragte er die Kapelle um bestimmt zwei Meter. Die Rückwand der Kapelle, vor der der Altar stand, war also nackter Fels. Und erstaunlich glatt, wie er in Erinnerung hatte.
War die künstlich geglättet worden?
Oder hatte man die Kapelle dort gebaut, weil der Fels so senkrecht und glatt war?
Robert wurde ganz aufgeregt und beschleunigte seinen Schritt. Konnte es sein, das die neue Kapelle direkt vor die Tür nach Nalavalmid gesetzt worden war?
In der Kapelle angekommen, begann er sofort die Wand hinter dem Altar abzuleuchten. Laut Adams Aufzeichnungen, war das Schlüsselloch kurz über dem Boden gewesen. Wenn das die Wand war, dann hatte man beim Neubau hoffentlich nicht das Schlüsselloch mit dem Bodenbelag verdeckt. Schnell erkannte er, dass es nicht so war, denn der Knick, der Übergang vom Hang zur Wand, war fast überall noch zu erkennen. Das hatte Material gespart, dem Himmel sei Dank. Auf allen Vieren kroch er hinter dem Altar entlang, die Stirnleuchte immer auf den Bereich kurz über dem Knick gerichtet. Vergeblich, denn da war nichts. Dann wiederholte er die Prozedur von der anderen Seite aus, wegen des geänderten Lichteinfalls und

tatsächlich glaubte er ungefähr in der Mitte, circa zehn Zentimeter über dem Boden eine runde Stelle zu erkennen. Ihm stockte der Atem. Mit dem Finger drückte er auf die Stelle. Nichts rührte sich. Er drückte so fest er konnte und plötzlich klappte die runde Stelle nach hinten und gab ein Loch frei. Robert ließ sich erst einmal platt auf den Boden fallen. Das gab es nicht, er hatte tatsächlich die Tür gefunden, hatte das geschafft, was Kalendian in fast zweihundert Jahren nicht gelungen war. Aufgeregt krabbelte er zu seinem Rucksack und holte das Tuch heraus, in das er den Schlüssel gewickelt hatte. Mit zittrigen Fingern wickelte er ihn aus und kroch zurück zum Loch. Er schaffte es kaum ihn in das Loch zu stecken, so sehr schlotterten seine Hände, an Weg suchen und schließen war so nicht zu denken, zumal er die Schließanleitung im Rucksack gelassen hatte. So hatte das keinen Zweck. Denn selbst wenn er die Tür auf bekam, was sollte er tun? Nein, das wollte gut vorbereitet sein. Also kroch er zum Rucksack zurück, wickelte den Schlüssel wieder ein und verstaute ihn zusammen mit der Stirnlampe.

Zuerst musste er heute Abend eine mehrtägige Abwesenheit mit dem Wirt planen, eine Rundwanderung über diverse Dörfer mit Übernachtung, allerdings ohne Reservierung, damit sein fernbleiben nicht auffiel. Dann musste er die Schließanleitung auswendig lernen, damit der möglichst beide Hände frei hatte zum Führen des Schlüssels. Zu guter Letzt musste er seine Nerven in den Griff bekommen, denn der komplizierte Schließvorgang war mit flatternden Händen nicht zu bewerkstelligen.

Zum Glück war ihm noch eine gute Geschichte für Annegret einfallen, warum er gerade jetzt mehrere Tage weg wollte. Er hatte sich schon im Vorfeld mit einem alten Freund verabredet, was er wegen ihr fast vergessen hätte und das konnte er nicht mehr absagen.

Mit viel Mühe hatte sich Robert so hinter den Altar geklemmt, dass er mit angezogenen Knien frontal vor dem Schloss sitzen konnte. So hatte er das beste Gefühl für die Verschiebungen und Drehungen, würde aber öfter Pausen machen müssen, wenn ihm die Beine einschliefen. Das Vorgehen von Adam wollte er sich zum Vorbild nehmen. Jede Stufe des Schließvorgangs so lange üben, bis es ohne Hinschauen ging, dann eine Pause wegen der Beine, um danach die nächste Stufe hinzuzufügen. Allein für die erste Stufe benötigte er schon eine halbe Stunde und zwei Pausen. Bis zur zweiten Stufe kam dann eine ganze Stunde dazu, doch die ging dann schon blind. Danach benötigte er die Vesperpause auf der Bank vor der Kapelle in der Sonne.

Doch dann trat langsam der Adam-Hobeleisen-Effekt ein, er bekam ein Gefühl für das Schloss, für den Rhythmus des Schließvorgangs. Stufe drei erreichte er in zwanzig Minute, Stufe vier in fünfzehn und nach weiteren fünfzehn Minuten hatte er Stufe fünf geknackt. Auf das Suchen des Druckpunktes zum Öffnen verzichtete er erst einmal, darauf wollte er vorbereitet sein. Eine weitere Vesperpause brachte die gewünschte Erholung und danach packte er den Rucksack um. Die Schließanleitung hinein, Block und Stift hinaus und umgehängt. Er hatte extra ein Schreibbrett mit Block eingepackt, damit er seinen Weg in Nalavalmid aufzeichnen konnte. Stirnlampe noch einmal überprüft, Handlampe am Gürtel befestigt und dann war es soweit. Wie im Traum navigierte er durch die Stufen des Schlosses, fand den Druckpunkt und drückte. Ein leichter Lufthauch strich über seine Stirn und, wo eben noch eine schwarze Felswand gewesen war, lag nun ein großes schwarzes Loch. Seine Stirnlampe enthüllte grob behauene Felswände rechts und links, aber kein Ende des Ganges.

Vorsichtig stand er auf, schulterte seinen Rucksack, schob das

Schreibbrett vor der Brust zurecht, schaltete auch die Handlampe ein, ging durch die Tür und schloss sie hinter sich.

Zuerst ging es gerade aus im Dunkeln, hier gab es noch keine Beleuchtung. Doch bald sah er einen schwachen Lichtschein in der Ferne. Insgesamt dreiundachtzig Schritte legte er bis Ende des Ganges zurück, was er sofort notierte. Der Gang, auf den er gestoßen war, ging rechts und links ab und hatte Lampen, die allerdings nur eine geringe Helligkeit hatten. Jetzt musste er sich entscheiden, rechts oder links. Er hatte sich auf Basis der Beschreibung von Kalendian eine Strategie zurecht gelegt, immer in Richtung der helleren Beleuchtung, denn dort lag das Zentrum. Wenn das nicht griff, dann immer rechts ab. Also rechts ab notiert und los. Zweihundert-zwölf Schritte bis zu einer Kreuzung, doch der kreuzende Gang war heller. Also rechts ab und weiter. So setzte sich das eine Weile fort. Kreuzung erreichen, Helligkeit checken, Richtung wählen, eintragen und weiter. Inzwischen hatte er seine Lampen ausgeschaltet, denn das Licht im Gang war hell genug. Auf Valmider war er bisher nicht gestoßen, obwohl er eine Begegnung nicht fürchtete, schließlich hatte er das Almurat zur Verständigung und Kalendians Tagebuch als Begründung seiner Anwesenheit. Endlich erreichte er die erste Höhle. Auch hier keine Valmider, obwohl es Wohnungen gab, die er sorgfätig inspizierte. Alle waren ordentlich aufgeräumt, wirkten aber unbewohnt. Seinen Rucksack hatte er an der Einmündung stehen lassen, um diese wieder zu finden. Von dort aus klapperte er nach rechts gehend die Einmündungen ab, bis er einen helleren Gang fand. Er notierte die Anzahl der Einmündungen, holte seinen Rucksack und ging hinein. Bald traf er auf eine noch größere Höhle mit starker Beleuchtung und Feldern, die nicht bestellt waren. Auch hier keinerlei Hinweis auf Bewohner. Wieder suchte er eine passende Einmündung und wurde fündig bei einem sehr breiten und hohen Gang, der allerdings nicht heller war. Trotzdem entschied er sich für ihn, weil der wie eine Hauptverkehrsader aussah. Fünfhundert-dreiundzwanzig Schritte und zahllose kleine Seitengänge später erreichte er dann eine riesige Höhle, mit vielen kleinen Seitenhöhlen, Gebäude unterschiedlicher Größe und einem besonders großen Gebäude mit Portal an der gegenüberliegenden Seite. Das sah nach einem Zentrum aus und das Portal nach einem wichtigen Haus. Auch hier wieder keinerlei Spur von Leben. Das war merkwürdig. War hier ein Unglück geschehen? Er hatte aber unterwegs weder Leichen noch Gerippe gesehen. Spekulieren lohnte nicht, sondern er würde nach drüben gehen und das auffällige Gebäude mit dem Portal nach Antworten durchsuchen.

Vorsichtig öffnete Robert das Portal. Dahinter war eine kleine Eingangshalle und eine weitere Doppeltür. Als er diese langsam aufzog, sah er in einen großen Saal mit einem endlos langgestreckten Tisch, der von hochlehnigen Stühlen umstanden war. Das musste der Sitzungssaal des Modoromo sein. Auch hier kein Anzeichen von Leben, auch hier ordentlich aufgeräumt. Am Kopfende stand ein einzelner Stuhl, wahrscheinlich für den Vorsitzenden, also den Vertreter der Lichthüter. Davor auf dem Tisch lag etwas. Schnell umrundete Robert die Tafel und schaute nach. Da lag ein Umschlag, der beschriftet war. „Für Kalendian Lichthüter" stand darauf. Das war eine Nachricht für Kalendian. Sofort war Roberts Neugier geweckt, er öffnete den Umschlag und begann zu lesen.

208-1093

Kalendian mein lieber Sohn,
falls du zurück kommst, hoffe ich, dass du diesen Brief findest.
In deiner Abwesenheit ist viel geschehen, doch ich will von vorne beginnen.
Als du vor zehn Jahren mit dem Fremden geflüchtet bist, galtest du im Modoromo als Verräter und ich musste den Vorsitz der Alkron der Lichthüter abgeben. Nur aus Achtung vor meiner langjährigen guten Arbeit, durfte ich als Beisitzer im Modoromo bleiben und habe so die weitere Entwicklung miterlebt.
Du warst zwar ein Verräter, doch du hattest auch eine Saat gelegt, die nach und nach aufging. Langsam sickerten die Umstände deines Verschwindens aus dem Modoromo heraus und die Leute fingen an zu fragen, ob es wirklich der richtige Weg war hier in den Höhlen zu bleiben, wenn man anderenorts vielleicht draußen unter der Sonne wohnen und arbeiten konnte. Nach zwei Jahren begann sich Widerstand zu formieren unter dem Motto
„Wir wollen den Himmel sehen!".
Es dauerte dann noch einmal zwei Jahre, bis der Modoromo diese Bewegung nicht mehr ignorieren konnte und auch einige seiner Mitglieder die selben Fragen stellten. Doch wir Valmider sind konservative Leute und so dauerte es weitere drei Jahre, bis man sich

entschloss etwas zu unternehmen.
Während der ganzen Zeit hatte ich die Hoffnung gepflegt, dass du zurückkehren würdest mit Erfahrungen und Antworten im Gepäck.
Im Modoromo wurde also entschieden den Übergang zu suchen. Mehrere Mitglieder durchforsteten die alten Bücher nach Hinweisen und andere suchten im Archiv. Die Bücherwürmer wurden schließlich fündig. Die Vorväter hatten eine Schrift hinterlassen mit dem Titel „Handbuch für die erwachten Valmider", was wohl eine spöttische Anspielung auf die Weigerung der Valmider war, schon damals die Vorväter bei ihrem Auszug zu begleiten. In diesem Buch waren drei Übergänge in verschiedene Welten beschrieben und der Modoromo entschied in alle diese Welten Kundschafter zu entsenden. Aus allen Welten kamen begeisterte Kundschafter zurück, die das wunderbare Leben unter einem offenen Himmel priesen. In zwei Welten war man bald auf Menschen gestoßen, mit denen man nicht reden konnte, da du ja das Almurat mitgenommen hast. Das hat dort zu Missverständnissen und Anfeindungen geführt. Nur in der dritten Welt waren zwar schöne, weite und fruchtbare Täler, aber weit und breit kein Mensch zu sehen. Da fiel die Entscheidung leicht und man begann in dieser dritten Welt, die nur noch Atovalmid, „Neues Valmid" genannt wurde, erste Stützpunkte zu errichten, probehalber Felder anzulegen und die Jahreszeiten zu studieren. Nach zwei erfolgreichen Jahren, mit Ernten,

die alle Erfahrungen übertrafen und mit neuen Gemüsen und Früchten, die man dort gefunden und kultiviert hatte, fiel dann die Entscheidung für den Auszug aus Nalavalmid. Im Laufe der Jahre hat sich dein Ansehen vom Verräter zum Propheten gewandelt und dadurch wurde auch ich rehabilitiert und bin heute wieder Vorsitzender der Alkron und des Modoromo. Selbiger hat beschlossen zu deinen Ehren, den Tag des offiziellen endgültigen Auszugs auf den zehnten Jahrestag deiner Flucht zu legen. Und der ist heute.

Lieber Sohn, bis zum letzten Moment habe ich gehofft, dass du entweder noch rechtzeitig zurück kommst oder aber in Atovalmid gefunden wirst, doch vergeblich. Im Anhang des Briefes findest du die Beschreibung der Übergänge und der dritte ist der nach Atovalmid.

Ich liebe dich

Amanalat

Robert hatte Tränen in den Augen. Welche Tragik. Kalendian wäre rechtzeitig zurück gewesen, wenn die Natur das nicht durchkreuzt hätte mit dem Bergrutsch. Und vielleicht hätte es auch dann noch geklappt, wenn Adam Hobeleisen nicht verunglückt wäre. Aber so waren Vater und Sohn jetzt tot, das Schicksal hatte einen endgültigen Schlussstrich gezogen.
Er musste erst einmal tief durchatmen. Dann steckte er den Brief und die Beschreibung der Übergänge ein. In ungefähr zwei Stunden würde er wieder auf der Erde sein und das Kapitel Nalavalmid war erst einmal abgeschlossen.

Aber wer weiß, was die Zukunft bereit hielt. Am Ende würde er möglicherweise sogar zurückkommen und den dritten Übergang nehmen, um zu sehen, was aus den Valmidern geworden ist. Und, wenn das Leben so weiter ging, wie er es sich vorstellte, würde er dabei in Begleitung einer reizenden jungen Frau sein mit dem Namen Annegret.

Glossar

Adam Hobeleisen
Goldschmied aus Frankfurt. Lebte vor über zweihundert Jahren. Sein Hobby waren Schlösser mit exotischen Schließmechanismen und ausgefallenen Schlüsseln, die er selbst entwarf, baute und verkaufte. Entdeckte durch Zufall in den Dolomiten den Übergang nach Nalavalmid. Löste das Rätsel des Schlosses und ging für einige Zeit nach Nalavalmid. Führte ein genaues Tagebuch über all seine Erlebnisse.

Alkrons
Berufsgruppen auf Nalavalmid. Vergleichbar mit den Zünften des Erdmittelalters. In seine Alkron wird man hineingeboren und ein Wechsel ist fast unmöglich.

Alkron der Lichthüter
Wichtigste Berufsgruppen auf Nalavalmid. Die Lichthüter wachen über die Beleuchtung von Nalavalmid, ohne die es kein Leben in den Höhlen geben könnte.

Almurat
Amulett aus der Vorzeit von Nalavalmid. Wurde noch auf der Oberfläche von einem der Vorväter angefertigt. Verleiht seinem Träger die unbegrenzte Kommunikationsfähigkeit d.h. er kann jede Sprache sprechen und verstehen und jede Schrift lesen und schreiben.

Atovalmid
Neues Valmid. Welt in die die Valmider von Nalavalmid ausgewandert sind.

Deutsche Kurrentschrift
Kurrentschrift vom lateinischen Currere = Laufen. Vom 18. Bis ins 20. Jahrhundert gebräuchliche Schreibschrift in Deutschland.

Epigraphik
Beschäftigt sich mit Inschriften, die nicht auf Papier geschrieben wurden.

Kalendian Lichthüter
Valmider aus der Alkron der Lichthüter. Freund von Adam Hobeleisen. Folgte Adam Hobeleisen auf die Erde. Lebte dort als Karl Lendian bei Adam bis zu dessen plötzlichen Tod. Konnte nicht wieder zurück nach Nalavalmid, weil er den Übergang nicht mehr fand. Suchte bis an sein Lebensende vergebens danach.

Kapelle der Heiligen Maria der Bergrettung
Kapelle, die nach ihrem Verschwinden durch einen Bergsturz von den Dorfbewohnern just an der Stelle wieder aufgebaut wurde, an der sich der Übergang nach Nalavalmid befindet. Deshalb konnten Kalendian Lichthüter den Übergang nicht mehr finden. Robert Leichtlein aber findet ihn, als er vor einem Gewitter in die Kapelle flüchtet.

Karagaran
Geheimschrift der Lichthüter. Erinnert in ihrem Aussehen an Keilschrift. Wird in rechteckigen Blöcken angeordnet, die senkrecht von links unten nach rechts oben gelesen werden.

Kodikologie
Handschriftenkunde

Kryptologie
: Wissenschaft der Informationssicherheit. Unterteilt sich in Kryptographie (Verschlüsselung) und Kryptoanalyse (Entschlüsselung).

Modoromo
: Regierung von Nalavalmid. Wird gebildet aus Vertretern der Alkrons.

Nalavalmid
: Heimat der Valmider. Höhlenwelt im Innern eines Planeten, dessen Oberfläche unbewohnbar geworden ist. Dort leben seit Jahrhunderten die ehemaligen Oberflächenbewohner, die vor der Katastrophe ins Innere geflohen sind.

Paläographie
: Die Lehre von alten Schriften.

Robert Leichtlein
: Programmierer aus Darmstadt. Findet beim Bergwandern den sterbenden Kalendian Lichthüter und übernimmt sein Vermächtnis. Dadurch gerät er in den Bannkreis von Nalavalmid.

Sütterlinschrift
: Von Ludwig Sütterlin entwickelte Schreibschrift. 1915 in Preußen eingeführt und bis nach 1970 noch an deutschen Schulen gebräuchlich.

Valmider
: Bewohner von Nalavalmid. „Nalavalmid" bedeutet in ihrer Sprache „Heimat der Valmider". Die Valmider sind stark menschenähnlich, haben nur große spitz zulaufende Ohren, rote Augen und einen olivfarbenen

Teint. Sie sind außerdem sehr langlebig. Ein Lebensalter von 300 Jahren ist nicht ungewöhnlich.